江戸前 祝い膳

小料理のどか屋 人情帖14

倉阪鬼一郎

時代小説

二見時代小説文庫

江戸前祝い膳――小料理のどか屋人情帖14

目次

第一章　辛煮《からに》と蒲焼《かばや》き

一

ふわあっ……と、茶と白の縞模様の猫が大きなあくびをした。

ここは江戸の横山町《よこやまちょう》――。

先の大火で焼け出され、住み慣れた岩本町《いわもとちょう》からこの町に移り、新たに旅籠《はたご》付きの小料理屋として生まれ変わったのどか屋も、無事に初めての夏を越した。文政《ぶんせい》十二年（一八二九）のことだ。

いまは穏やかな秋の日が差している。酒樽の上に置かれた木箱の中では、三匹の猫がまるまって寝ていた。

のどか屋の守り神ののどか、その娘のちの、さらに、ちのの娘のゆき。ちょうど三代がそろっている。

「猫ってのは、気持ちのいいところを見つける名人だな」

「名人なら、人だろうが」

「なら、名猫だ」

「それじゃ、話のつじつまが合わねえぞ」

そろいの半纏《はんてん》をまとった植木の職人衆が、見世先《みせ》でたわいのない話を始めた。

「まあ、なんにせよ、見てるだけでなごんでくるぜ」

「おいらも生まれ変わったら猫がいいな。寝てるだけで働かなくてもいいし、飼い猫ならえさはもらえるし」

「そうそう、あくびしてりゃいいんだから、結構なもんだ」

職人衆の声が聞こえたわけではあるまいが、のどかがまた、ふわわっ、と大きなあくびをした。

二

眠っているのは、猫たちばかりではなかった。

のどか屋の小上がりの座敷では、おかみのおちよがうたた寝をしていた。

かつてののどか屋は休みなくのれんを出していたものだが、旅籠付きになってから中休みを入れるようになった。おもに泊まり客に出す朝膳と、小料理屋の昼膳、これだけでも目が回るような忙しさになる。

八つ半ごろ（午後三時ごろ）からは泊まり客が入るようになる。あらかじめ約してある者もいれば、飛び込みもいる。酒と肴《さかな》を出す見世に変わる小料理屋に加えて、旅籠のほうもあるからまた忙しくなる。わずかな中休みのあいだに、少しでも体を休めておくのがおちよの毎日のやり方だった。

一方、あるじの時吉《ときち》は厨《くりや》で遅いまかない飯を食べていた。

朝膳と昼膳に出した名物の豆腐飯だ。当初は朝だけのつもりだったのだが、口から口へとそのうまさが伝えられ、このところはよく昼にも出すようになった。なるたけ多くの豆腐を煮られるように、新たに大鍋をあつらえたほどだ。

豆腐飯は、こうつくる。

大ぶりの平椀に飯をよそい、その上に甘辛く煮た豆腐をのせる。じっくりと味を含ませた豆腐だから、好みで粉山椒《こなざんしょう》や一味唐辛子《いちみとうがらし》を振って食すだけでも存分にうまい。

まず上の豆腐を少し味わい、残りは豪快に飯とまぜてわしわしと食す。固めに炊《た》き、いくらかお焦《こ》げもまじった飯と豆腐は、思わずうなるほど合う。

この豆腐飯に、毎朝入る活きのいい魚の焼き物か刺し身と、小鉢と香《こう》の物がつく。口から口へと伝えられるのもむべなるかな、といううまさだった。

「おとう、おいしい？」

檜《ひのき》の一枚板の席にちょこんと座った千吉《せんきち》がたずねた。

「ああ、うまいな。うっかり手を切るなよ、千吉」

「うん」

千吉はそう言って、手元に目を落とした。

子の成長というものは、実に早いものだ。生まれつき左足が曲がっていたから、ずいぶん案じていた跡取り息子の千吉だが、厨の中なら苦もなく歩けるようになった。言葉も増え、背も伸びた。

「むきむき、むきむき……」

かわいい掛け声みたいなものを発しながら、わらべ用の包丁を動かしている。人参《にんじん》の皮むきだ。

父の背を見て育ってきた千吉は、さすがに小料理屋の跡取り息子で、とかく包丁仕事をやりたがる。忙しいときは邪魔になるから無理だが、中休みなら存分にできる。

初めは大根のしっぽで「とんとん」の稽古をしていた。千吉は「むきむき」より調子のいい「とんとん」のほうが好きだ。

「おかあが寝られないから、むきむきにしな」

時吉にそう言われた千吉は、素直にやめて「むきむき」の稽古に変えた。我《が》を張らずに母を思いやる、心映《ば》えのいい子だ。

「おお、うまいじゃないか。だんだんかつらむきになってきたぞ」

まかない飯を食べ終えた時吉が笑みを浮かべた。

「うん、にんじんのほうをうごかすの」

少し大人《おとな》びた口調で、千吉が答えた。

「その調子だ。うまくむけたら、きんぴらにしてやろう」

「ほんと？」

千吉の瞳が輝く。

「ほんとさ。皮をかつらむきにしてからせん切りにしてきんぴらをつくると、食べ味が変わっていい酒の肴になるんだ」

時吉がそう教えたとき、はたはたと足音が近づいてきた。

帳場があるほうの小さなのれんが開く。そろいの柿色の着物をまとった二人の女が顔をのぞかせた。

三

「ごめんなさいね、わたしだけ休ませてもらって」

目を覚ましたおちよが、髪を手で直しながら言った。

「いえいえ、おちよさんは朝早くの仕込みから働いてるんですから、休めるときには休んでいただかないと」

そう言ったのは、のどか屋を手伝っているおけいだ。

大火のなかを一緒に逃げてきたおけいは、息子の善松《ぜんまつ》を長屋の知り合いに預け、夕方までのどか屋を手伝ってくれている。昼の書き入れ時などは合戦場《かっせんば》のようになるから、手慣れたおけいの働きは心強かった。

「たしかに、ちょっとうとうとするだけでだいぶ違うから」

と、おちよ。

「ご無理はしないでくださいね、おかみさん。わたしとおしんちゃんが働きますから」

うれしいことを言ってくれたのは、おそめだ。

旅籠付きの小料理屋を始めるに当たっては、元締めの信兵衛《しんべえ》とも相談し、新たに娘を雇うことにした。おそめとおしんはそれで入ってきた新顔だ。

おそめは昼の手伝いも含めておおむねのどか屋だけのつとめだが、おしんはいくつかの旅籠を掛け持ちで、足りないものを補ったり掃除をしたりしている。浴衣などは元締めの下で働く男がまとめて荷車で集め、洗いたてを届ける仕組みになっていた。

「ありがとうね。頼りにしてるわ」

おちよは笑みを浮かべた。

厨のほうから、いい香りが漂ってくる。

朝と昼はむやみに凝ったものは出せないが、中休みのあとは気の利いた肴も出すことができる。

もっとも、時吉がおちよの父親でもある師匠の長吉《ちょうきち》から教わったいちばん大事なことは、「皿を上から出すな」という教えだ。

料理人が「どうだ。見ろ、この料理を」とばかりに皿を上から出してはいけない。

「お口に合いますかどうか。どうぞお召し上がりくださいまし」と下から出さなければならない。

おちよと一緒にのどか屋を始めてから、時吉はその教えを固く守ってきた。

いまつくっている秋刀魚《さんま》の辛煮《からに》も、見えないところに小技を利かせた、のどか屋らしいひと品だ。

頭を落とし、うろことわたを取り除いた秋刀魚を筒切りにして煮る料理だが、うまい按配《あんばい》に加えた酢と生姜《しょうが》が魚の臭みを消してくれる。味付けは醬油と酒だけの、大人の味だ。

「おかあ、できた」

わらべが包丁を置き、薄く切った人参の皮を自慢げに見せた。

「上手《じょうず》ねえ、千吉」

おちよが本心から言った。

千吉が見せた人参の皮は、とてもわらべの手になるものとは思えなかった。

「ほんと、上手」

「千ちゃんは名人になるよ」

おけいとおそめも和した。

ほめられた千吉は、わらべらしく花のような笑顔になった。

そうこうしているうちに、この日初めの泊まり客が来た。

「また寄せてもらうよ」

帳場のほうからそう声をかけたのは、流山《ながれやま》で味醂《みりん》を造っている男だった。

ありがたいことに、あきないの用で江戸へ来るたびにのどか屋に泊まってくれる。

そういう客がいくたりも出てきたから、旅籠付きの小料理屋はいい按配に動いていた。

「毎度ありがたく存じます」

「いつもご贔屓《ひいき》をいただきまして」

時吉とおちよが笑顔で言った。

「いつものお部屋が空いておりますので」

「ご案内いたします」

柿色の着物がいそいそと動き、帯に付けた鈴が涼やかな音を立てた。

のどか屋ののれんを新たに出すにあたっては、元締めの信兵衛とも相談し、いろいろと工夫を案じた。

見世の女たちは、そろいの着物と帯で目立つようにした。柿色の着物に桜色の帯、それに茜《あかね》の襷《たすき》を掛けわたした。

それればかりではない。髪にはあたたかい色合いのつまみ簪《かんざし》を飾った。おちよとおけいは南天《なんてん》の実、若いおそめとおしんは紅鶴《べにづる》。そろうと場がぱっと華やかになるようないでたちだ。

それに加えて、帯に鈴をつけることにした。旅籠の泊まり客には、ことによるとたちの悪い男もいるかもしれない。大年増《おおどしま》のおちよとおけいはともかくとして、おそめとおしんに狼藉《ろうぜき》を働いたりすることがないように、あらかじめ鈴をつけておいたのだ。音が鳴っていれば、むたいなことを仕掛ける気にもなるまいという読みだ。

着物と帯には、のどか屋の「の」を散らした。のれんにも「の」、二階へ続く階段にも「の」、客に手渡す鑑札にも「の」、猫たちの首輪にも「の」。どこを見ても「の」だらけだ。そのうち、千吉の着物にも「の」を散らそうかと相談している。

時吉だけは茄子紺《なすこん》の無地の作務衣《さむえ》をまとっていたのだが、あるじには「の」が入っていないのかと客からいくたびも言われたので宗旨変えをし、このたび仕立て直すことにした。

胸に小ぶりの「の」、背に大きな「の」が入った作務衣をまとうと、またいちだんと男っぷりが上がったように見えた。

「どうぞごゆっくり」

おちよも階段のところまで見送りに行った。

いささか面妖《めんよう》なことに、のどか屋の二階に通じる階段は二つある。普請《ふしん》の途中で、どうも階段が急すぎることに気づいたからだ。足の弱い年寄りは難儀をしかねないし、歩くのに慣れてきたとはいえ、千吉がうっかり落ちたりしたら大事《おおごと》だ。

つくり直させるのも大工衆に悪いから、裏手にもう一つこしらえてもらうことにした。いくらか遠回りだが、そちらは楽に上れて手すりもついている。

神社仏閣には男坂《おとこざか》と女坂《おんなざか》があったりする。健脚の者は男坂を一気に上り、そうでない者は女坂をゆっくり上っていく。

それに範を取り、二つの階段をこしらえたことにした。本当は絵図面をしくじったのだが、初めからこうするつもりだったことにしておいたのだ。

いきさつを知らない客のなかには、妙に感心する者もいた。どういうふうに伝えられたのか、かわら版屋が聞き込みに来たときには驚いた。のどか屋の引札《ひきふだ》（宣伝）がわりになろうかと、階段を見せてまことしやかに説明しておいたのだが、その後、階段だけ見に来る者が増えたのにはいささかげんなりさせられたものだ。

流山から来た常連客は、竜閑《りゅうかんちょう》町の醬油酢問屋の安房《あわ》屋からのどか屋の話を聞いて足を運んでくれた。先代の辰蔵《たつぞう》は、のどか屋が三河《みかわちょう》町にあったときの常連だった。のどか屋が焼け出された大火で惜しくも亡くなってしまい、いまは息子の新蔵《しんぞう》が継いでいる。そういった人々のつながりにも支えられて、旅籠付きの小料理屋はだんだんに繁盛するようになった。

安房屋から仕入れた極上の味醂は、のどか屋の厨で存分に力を発揮していた。いま時吉が下ごしらえをしている蒲焼きのたれにも使っている。

上等の味醂は、どうかすると酒よりもうまい。これからだんだんに柿が実ってくるが、網で焼いて甘くなった柿に味醂を回しかけて食すと、長く忘れられない美味になる。

「はい、お盆をお願い」

おちよがおそめに黒塗りの盆を渡した。もちろん、そこにも「の」の字が染め抜かれている。

「はい、承知しました」

娘が笑顔で受け取る。

先の大火で両親を亡くしてしまったおそめだが、ずいぶん表情が明るくなった。

おそめが運んでいったのは、お茶と菓子だった。菓子は浅草の名店、風月堂音次《ふうげつどうおとじ》から仕入れている。今日は甘さを抑えた粒餡《つぶあん》の最中《もなか》だ。そういった細かな心遣いをしていれば、また「その次」につながる。

「そろそろ、のれんを出してくれ」

時吉がおちよに言った。

「あいよ」

「千ちゃんがやる」

千吉が手を挙げた。

「はいはい」

おちよがのれんと一緒にわらべを抱き上げた。

「よいしょ」

かわいい掛け声を発して、千吉が見世の前にのれんをかけた。

のどか屋の二幕目が始まった。

四

「いい香りがしてるじゃないか」

そう言って顔を見せたのは、常連中の常連とも言うべき大橋季川《おおはしきせん》だった。

おちよの俳諧《はいかい》の師匠で、檜の一枚板の席の主《ぬし》のような隠居だ。あいにく中休みが入るようになって、昼酒には遅い頃合いになったが、それでもよく皮切りの客としてのれんをくぐってくれる。

「秋刀魚の蒲焼きはいかがでしょう。辛煮もございます」

厨から時吉が言った。

「ほう、今日は秋刀魚が大漁かい？」

「網を打ったら、ずいぶん掛かってくれたもので」

おちよが身ぶりをまじえて戯《ざ》れ言《ごと》を飛ばした。

「はは、そりゃいいや。なら、どちらもいただきましょう」

「承知」

時吉は勇んで手を動かしはじめた。背に「の」を負うた作務衣に替えてからは、なおいっそう気合が入るようになった。

蒲焼きに使う秋刀魚の身は大名おろしにする。中骨に惜しまず身を多く残して豪快におろすから、この名がついた。うまいところだけを供するわけだ。

浅い鍋に油を敷いて、秋刀魚の身を裏表ともにこんがりと焼いたら、醬油と味醂と酒を合わせたたれを加え、蓋《ふた》をしてしばらく煮る。

頃合いになったら蓋を取り、鍋をゆすりながらたれを煮つめていく。こうして、秋刀魚の身がなんとうまそうに照り輝くようになったら出来上がりだ。

「はい、お待ちどおさまです」

彩《いろど》りと箸休めに白瓜《しろうり》の雷干しを添え、時吉は皿を両手で下から出した。

「おお、こりゃうまそうだ」

「辛煮はいまお出しします」

「その前に、御酒《ごしゅ》を」

おちよが徳利と猪口《ちょく》を運んできた。

表から手毬唄《てまりうた》が響いてくる。手遊びが好きな千吉の声だ。

「そうそう、上手上手」

おそめの声が聞こえた。

手が空いたときはこうして千吉の相手もしてくれるから助かる。

ややあって、二人目、三人目の客が来た。泊まり客も訪れた。両方が一時《いちどき》に重なると、おのずとばたばたさせられる。

「これはご隠居、先を越されましたな」

笑みを浮かべて入ってきたのは、元締めの信兵衛だった。

横山町の界隈《かいわい》に何軒も旅籠を持っているから、見廻りがてら、ちょくちょく顔をのぞかせてくれる。

「お先にいただいてるよ。生姜《しょうが》がぴりっと効いた秋刀魚の辛煮に、上品な甘さの蒲焼きだ。東西の大関のようなものだね」

相撲《すもう》の番付になぞらえて言う。

「おれにもくれ」

小上がりの座敷から声が飛んだ。こちらは初顔の客だ。

「承知しました」

「御酒はいかがいたしましょう」

おちよの問いに、眼鏡売りとおぼしい男は妙な笑みを浮かべて答えた。

「茶でいい。あきないの途中だからな」

何がなしに妙な感じのする男の隣には、あきない用の背負い箱が置かれていた。眼鏡が描かれているから、ひと目で何をあきなっているか分かる。

眼鏡売りだ。眼鏡そのものを売るばかりでなく、つるの直しや玉の磨きなどもやるあきないで、往来でたまに見かける。

「元締めさんも秋刀魚を召し上がりますか？」

時吉は問うた。

「昼は食べてきたので……いま少し腹にたまらない、さっぱりしたものはないかね？」

「でしたら、昼膳の小鉢につけた茸《きのこ》の当座煮がございます」

「いいね。それと、お茶で」

「では、さっそくお出しします」

茸はしめじと平茸を使った。さっとゆでてあくを抜いた茸に、これまた湯通しして油抜きをした油揚げを合わせる。

煮汁はだし、醬油、味醂が八対一対一の割になるように按配する。煮立ったところで茸と油揚げを加え、煮汁がなくなるまで味を含めていく。

ただこれだけの簡明な料理だが、茸と油揚げのかみ味の違いも楽しめるひと品だ。冷えても味がしみてうまいし、それなりに日もちもする。

「お茶とお菓子を三人様でお願いします」

おそめがあわただしく戻ってきて告げた。

「はいよ」

おちよが調子よく応じる。

次の旅籠の客は伊豆《いず》から江戸見物に来た家族だった。あらかじめ飛脚《ひきゃく》などを使ったり人に頼んだりして約してくれるありがたい客もいるが、おおむねは飛び込みだ。一つずつ部屋が埋まっていくと、おのずとのどか屋に活気が満ちる。

「今日は出足がいいじゃないか」

「今日も、ですよ、信兵衛さん」

辛煮に舌鼓を打っていた隠居が笑って言う。

「ああ、そうか」

「いや、日によりますよ。六つ埋まる日もあれば、張り合いのない日も。……はい、お待ち」

時吉はそう言って、茸の当座煮を出した。

旅籠付きののどか屋の部屋は一階にもある。ちょうど小料理屋の並びだ。足の悪い客が階段を上らなくてもすむように、一階にも一部屋つくった。そこからは往来も見える。

のどか屋の家族は二階の奥に住んでいる。千吉もいるから、広めの部屋だ。よって、奥には二部屋しか泊まれるところがない。

往来に面した手前のほうには、三つの部屋を取ってあった。すべて合わせて六つの部屋を、客の様子を見てどう割り振っていくか、これも腕の見せどころだ。

もちろん、客の意向がいちばんだが、足のしっかりした客にはできれば二階に上がってもらい、年寄りの客が来たときにそなえておきたかった。

年寄りばかりではない。夜に酔った客が宿を求めて飛び込んでくることもある。泥《でい》酔《すい》していたら階段を上らせるのは難儀だし、後架《こうか》（便所）へ行くときに転げ落ちたりしたら困る。

そこで、一階の一室はなるたけ空けておき、あとに来る客のために残しておくようにと示し合わせていた。

「お二階のお部屋は、ながめがようございますよ」

「ちょうど、いい風の入るお部屋が空いておりますので」

などと言葉巧みに言って、二階に上げるのが習いだった。

「うん、茸はこれからおいしくなるね。山の恵みだよ」

当座煮に舌鼓を打ちながら、元締めの信兵衛が言った。

「天麩羅《てんぷら》もいかがでしょう。いい椎茸《しいたけ》が入っていますが」

時吉が水を向けた。

「いいね」

「どんどん揚げておくれ」

隠居も和す。

「そちらさまもいかがですか？」

おちよが如才なく言うと、眼鏡売りは頭に巻いていた手ぬぐいを取り、もったいぶったしぐさで髷《まげ》を直してから短く答えた。

「くんな」

「はい、承知」

「蓮根《れんこん》はあるかい？」

眼鏡売りは厨に声をかけた。

「ございます」

時吉はそう答え、いくたびか瞬きをした。

どうも異な感じがしたのだ。

「なら、揚げてくれるか」

「はい」

「厚めに切ってくれ」

客は細かな注文をつけた。

「承知しました。火が通るまで、しばしお待ちを」

時吉は段取りにかかった。

「蓮根がお好きなんですか？」

おちよが問う。

「煮物なんかは、格別好きじゃねえんだ。それから、せっかくできてる穴を玉子やら何やらでふさいじまう料理があるだろう？　野暮なことしやがってと思うぜ」

眼鏡売りがそんなことを口走ったから、おちよは思わず苦笑いを浮かべた。

蓮根の穴に何やかやを彩りよく詰めたがるのは、父の長吉もそうだった。

「蓮根の穴を見ると、ふさぎたくなるんだよな」

長吉はそう言って、先だっても辛子《からし》をまぜた練り物など埋めていた。

「揚げ物ってのは、音も料理のうちだねえ」

隠居がそう言って、元締めから注《つ》がれた酒を干した。

「油の香りも、菜箸《さいばし》でさっと油を切る料理人さんの所作も料理のうちでしょう」

と、信兵衛。

「おかみと娘さんたちの笑顔も泊まり賃のうちみたいなもんだね」

隠居がうまくまとめた。

天麩羅は次々に揚がった。

肉厚の椎茸に、塩胡椒を効かせた舞茸《まいたけ》、黄金色《こがねいろ》の甘藷芋《かんしょいも》、末広がりの形になるように包丁目を入れた茄子《なす》、それに、眼鏡売りが所望した厚切りの蓮根だ。

「おお、来た来た」

「天つゆでも抹茶塩でも、お好みのほうでお召し上がりください」

昼までの膳とは違って、二幕目ではそういったこまやかな心遣いができる。

「はい、お待ちどおさまでございます」

おちよが座敷に天麩羅を運んだ。

「おう」

と受け取り、真っ先に蓮根をつまむ。皿には椎茸と舞茸も載っていたが、よほど蓮根に目がないらしい。

「うめえ」

厚切りの蓮根の天麩羅をさくっとかんで、眼鏡売りは笑みを浮かべた。

そして、玉が入っていない黒い眼鏡のつるを直すと、いくぶん声をひそめておちよにたずねた。

「つかぬことを訊くが、この界隈で小金《こがね》を貯めてる旅籠の評判は立ってるかい？　べつに旅籠じゃなくてもいいんだが」

本当に「つかぬこと」だった。普通の者なら、そんなことはたずねない。

「さあ……うちじゃないことはたしかですけど」

おちよは軽くいなした。

「そうかい。戸締まりなんぞに用心しな」

謎の眼鏡売りは、そう言ってまた蓮根の天麩羅をかんだ。

ほどなく、べつの客が入ってきたのをしおに、眼鏡売りは勘定を済ませてのどか屋から出ていった。

「小金を貯めてるところはないかなんて、妙なことを訊いてたね、いまの人」

信兵衛が首をひねった。

「あれは眼鏡売りじゃないですね」

時吉がすかさず言う。

「えっ、でも、眼鏡売りのいでたちだったじゃないか」

隠居が驚いたような顔つきになった。

「そのふりをしていただけでしょう。手ぬぐいを外したときに分かりました」

身ぶりをまじえて、時吉が言う。

「何か気づいたの？　おまえさん。なんだか感じの良くない人だったけど」

おちよの問いに、時吉はひと呼吸置いてから答えた。

「あの男の髷の形は、町人じゃなかった」

「すると……」

時吉は、はっきりと告げた。

「あれは、武家だ」

第二章　鯖《さば》味噌煮

一

二日後の七つごろ（午後四時）、のどか屋に小走りに近づいてくる影があった。

初めに気づいたのは、千吉だった。

「おしん姉ちゃん」

表で棒に赤い紐をつけたものを使って猫をじゃらしていた千吉が声をあげる。

わらべも猫もしぐさがかわいいから、足を止めてしばしながめる者もいる。

それに向かって、このあいだ千吉が、

「のどか屋、いかがですか？」

と、呼び込みみたいな声をかけたものだから、町じゅうの評判になったものだ。

「ごめんね、千ちゃん、いま急いでるの」

おしんはいくぶん息を切らしながら答えた。

「うん」

千吉が心得てうなずく。

さすがは「のどか屋の小さな番頭さん」だ。

「どうしたの？　おしんちゃん」

声を聞きつけて、おちよが出迎えた。

「巴屋《ともえや》に五人さんがいらっしゃったんですが、隣の大松屋《おおまつや》も一杯で」

ほうぼうの旅籠を掛け持ちしているおしんが告げた。

巴屋も大松屋も、元締めの信兵衛がこの界隈に持っている旅籠だ。

「一部屋でいいの？」

おちよが訊く。

「はい。五人なので、広めの部屋がいいそうです。相州《そうしゅう》から見えた船大工さんたちで、かしらはとても愛想《あいそ》のいい方です」

「なら、二階の奥が空いてるわ」

「そうですか。よかったあ」

おしんは胸に手をやった。

旅籠付きの小料理屋を船出させるときに、おそめとともに人を見て雇った娘だ。いまはむかし、いきさつがあって、版木職人の父の初次郎《はつじろう》は江戸から姿を消した。いまはどこでどうしているのか分からない。

その後、母が逝《い》った。大工の見習いとして修業していた姉思いの弟は、先の大火で死んだ。おしんは天涯《てんがい》孤独の身となってしまった。

初めのうちは陰がなくもなかったおしんだが、旅籠のつとめの水にも慣れ、いまはよく笑顔がのぞくようになった。

「じゃあ、悪いけど、ご案内を」

おちよが頼む。

ここでおけいも出てきた。

「だったら、わたしも。五人さんだと大変だから」

「おそめちゃんはどこ？」

おちよが問うた。

「二階のお客さんにお茶を」

おけいが答える。

「それなら、わたしが行くわ。……おまえさん、看板をお願い」

おちよは厨に声をかけた。

「おっ、承知」

鯖の味噌煮の下ごしらえをしながら、時吉が言った。

「行ってきます」

知らせに来たおしんに、おちよとおけい、三人の女があわただしく客を迎えに行った。

「おとう、かんばん、千ちゃんがやる」

千吉が手を挙げた。

まだ猫じゃらしを握っていたから、しゃらん、とすずを鳴らしてゆきが飛びつく。いちばん若い、青い目をした白猫は、まだいつまでも遊びたがる年頃だ。

「やってくれるか。助かるな」

時吉は笑顔を見せた。

「うん」

千吉はやっと棒を捨て、足を器用に動かして帳場のある入口のほうへ向かった。

とまれ〼《ます》

立て掛けてあった看板を両手で持つと、千吉は、

「よいしょ」

と、かわいい掛け声とともに裏返した。

いっぱいです

表示がそう変わった。

二

旅籠付きの小料理屋になって、まずもって気を遣うのが部屋の割り振りだ。

おしんがいま頼みに来たように、ほかの旅籠との兼ね合いもある。ばたばたしているうちに、部屋が六つしかないのに七組の客を入れてしまったこともあった。いまさらよそへ移るように頼むのも悪いし、客も疲れている様子だったから、そのときはあ

わてて片づけてのどか屋の家族の部屋をあてがったものだ。時吉とおちよと千吉は、見世の座敷に布団を敷いて寝た。

「こちらでございます」

ややあって、おちよたちが客を案内してきた。

相州から来た船大工の五人衆だ。

「おう、やっとねぐらができたぜ」

かしらとおぼしい男が言った。四十がらみとおぼしい、精悍《せいかん》な顔をした男だ。

「しばらくご逗留《とうりゅう》していただけるとか。ありがたいことでございます」

おちよが厨にも聞こえるように言った。

時吉は火の具合をたしかめてから手を拭き、帳場のほうへ急いだ。

「のどか屋のあるじでございます。ようこそのお越しで」

時吉は腰を折ってあいさつした。

「おう、おれは善造《ぜんぞう》。善を造る船大工だ。しばらくここをねぐらに江戸見物をさせてもらうぜ」

そろいの法被《はっぴ》をまとった船大工衆のかしらが言った。

「どうぞごゆっくり」

時吉はそう言って、おちよに目配せをした。

鍋を火にかけているから、あとは頼むとまなざしで告げると、おちよは心得て言葉を継いだ。

「朝膳はお代のうちに入っております。お昼の膳もございますし、中休みのあとはおいしいお酒と料理をふるまわせていただいておりますので、よろしければみなさんでお越しくださいまし」

のどか屋のおかみは、立て板に水で言った。

「いい匂いがしてますぜ、かしら」

「風呂上がりにうめえものを食いましょうや」

「せっかく江戸へ来たんだから、うめえものを食わねえと」

船大工たちが口々に言う。

「お風呂でしたら……」

おちよがかたわらのおけいを見た。

「こちらの絵図をお持ちくださいまし。ここから一町《いっちょう》（約百メートル強）くらいですから」

おけいが笑顔で紙を渡した。

手が空いているときに、一枚ずつ手で書いている。ときには、おちよが季節の発句《ほっく》を添えることもあった。

湯上がりの奴豆腐や秋涼し

今日はそう記されている。その発句に誘われて湯屋帰りに立ち寄り、注文してくれる客もいたりするから、知恵は出してみるものだ。

「ずいぶんと手回しがいいな」

善造の目尻にしわが寄った。

「手ぬぐいや紅葉袋などもご用意させていただいておりますので」

なおも如才なく、おちよが言った。

紅葉袋とは、茜色の木綿でつくったぬか袋のことだ。そこにも「の」の字が染め抜かれている。

「ご案内いたします」

おそめも二階から戻って来た。

紅葉袋は浅草の美濃屋《みのや》という小間物問屋でつくらせた。そこの手代をつとめている多助《たすけ》という若者とおそめが知り合いになった縁で、新たに注文したのだが、ほれぼれするような出来だった。多助はあきないがてらよくのどか屋に立ち寄るから、その後も何やかやと小間物の注文を出している。

「おお、のどか屋はべっぴんぞろいだな」

善造が軽口を飛ばした。

「前の宿が埋まっててよかったですね、かしら」

「残り物には福があるんだ」

そんなことをさえずりながら、五人の船大工衆が階段に向かう。

「わたしの兄も、深川で船大工の修業をしてるんです」

おそめがそう打ち明けた。

川向こうにいたから大火の難を逃れた兄の鶴松《つるまつ》には、横山町ののどか屋で働いていることを人に頼んで告げてもらった。しかし、修業が忙しいらしく、一度ちらりと顔を見せて時吉とおちよに「どうかよしなに」と挨拶しただけで、その後はまったく顔を見せてくれなかった。

「そうかい。仲間だな」

かしらの善造が言うと、ほかの手下が笑みを浮かべた。

話はそこで妙に弾《はず》まなくなった。

ほどなく、船大工たちは黙ったまま階段を上りだした。

三

「鯖は棒寿司を食って来たばかりだが、これもうまいね」

一枚板の席で、寅次《とらじ》がうなった。

「ほんに、臭みがなくてさっぱりしてら」

その隣で、富八《とみはち》が箸を動かす。

どちらも岩本町のころからの常連だ。寅次は湯屋のあるじで、町の名物男だ。富八は野菜の棒手振《ぼてふ》りで、のどか屋にも採れたてのものを入れてくれている。

「見えないところで技を使ってるからね、時さんは」

こちらはおなじみの隠居の季川だ。十年くらい前から「もう歳だ」とぼやいているが、毎日のように酒を呑みに来られるほどの足腰だ。元は武家だという話だが、よほど若いころに鍛えたのだろう。

「いや、普通におつくりしただけですから」

時吉は笑みを浮かべて答えた。

「その『普通』がいいんだよ」

隠居がすぐさま言った。

「うちじゃ、こんなものはいただけませんから」

「ほんに、やさしいお味で」

座敷からも声が飛んだ。

木下《きおろし》から来た庄屋の夫婦だった。この界隈の旅籠が混んでいるのは、浅草の古刹《こさつ》がありがたい如来《にょらい》様の御開帳をしているためだが、この二人もそれが目当てで江戸へ出てきたらしい。

「ありがたく存じます」

「料理人の励みになりますので」

すでに日が西に傾いてきた。子の善松を預けているおけいはひと足先に上がり、小料理屋はおちよが、旅籠の客はおそめとおしんが相手をしていた。

娘たちもあまり暗くならないうちに上がってもらうから、あとは時吉とおちよだけだ。昼時のように客が立てこむことはないので、それでまあどうにかなっている。

客に評判の良かった鯖の味噌煮は、いくつもの段取りを踏みながらつくる。

まず鯖の小骨を抜き、片身を二つに切って飾り包丁を入れておく。続いて、沸かした湯をかけて霜降りにし、端のほうがきゅっと丸まったら冷たい井戸水に取って素早く洗う。こうすることによって、鯖の生臭さとあくが取れる。

水と酒を煮立てて鯖の身を投じ入れ、醬油と味醂を加えて味を調える。味噌は必ず白味噌を使う。赤味噌でも野趣が出ていいのだが、白の粒味噌を裏ごしして使うと、なんとも優しい味になるからだ。

煮汁が減ったら味噌を溶き入れてさらに煮る。ここからも小技が出る。終《しま》いごろに生姜を入れ、仕上げに酢をさっと振ってやると、鯖の脂っぽさが消えて、さらにほっこりとした味になる。

器に盛り、白髪葱《しらがねぎ》を天盛りにして七味唐辛子をかければ、上品で優しい味噌煮の出来上がりだ。

「鯖の棒寿司は『小菊《こぎく》』で召し上がったんですか?」

時吉は寅次にたずねた。

「そうさ。今日はうちが休みだから、心置きなく孫の相手をしてやってきたんだ」

「いつも油を売りに行って、おかみに叱られてるんで」

富八が告げ口する。

「そりゃ、だって、孫の顔を見てえじゃねえか」

「うちのおとっつぁんも、事あるごとにこの子の顔を見に来てましたからねえ」

おちよが厨のほうを指さした。

「とんとん、とんとん……」

千吉は脚の長い椅子に腰かけ、わらべ用の包丁を動かしていた。なじみの大工衆に頼んでこしらえてもらった頑丈な椅子だ。

いま刻んでいるのは葱の青いところだ。薬味《やくみ》が仕上がったら、奴豆腐にのせて出してやろうと時吉は思っている。おのれが刻んだものを客に出すと、のどか屋の跡取り息子は花のような笑顔になる。

「で、おとせちゃんたちはお元気で？」

おちよがたずねた。

「ありがてえことに、みんな元気でやってるよ。見世も繁盛してる」

「それはなにより」

岩本町の「小菊」は、寅次の娘のおとせとそのつれあいの吉太郎《きちたろう》が切り盛りしている見世だ。細工《さいく》寿司とおにぎり、それに味噌汁と酒の肴もうまいと評判を取っている。

先の大火で「小菊」ものどか屋も焼けてしまったが、縁あってのどか屋が焼けたあとに「小菊」を建て直すことになった。二人のあいだには岩兵衛《いわべえ》という子も生まれた。寅次にとっては初孫《ういまご》だから、しょっちゅう顔を見に行ってはおかみに角《つの》を出されているらしい。

「みんな、精を出してやってるぜ。町の衆にも笑顔が戻ってきた」

岩本町の名物男が告げる。

「先だっての大火で焼けてしまったんですか？」

木下から来た客が座敷から問う。

「そうなんでさ。町の人情家主さんや、まっすぐなあきないの質屋さんなども亡くなってしまってね」

人情家主は源兵衛《げんべえ》、質屋は子之吉《ねのきち》。いずれも惜しい人を亡くした。

「それは愁傷《しゅうしょう》なことで」

「うちも半焼けになったし、のどか屋さんも丸焼けでここに移ってきたんで」

「なるほど、それでむかしのよしみでこちらへ」

客がうなずいた。

「そうやって、ひとたびどこかの町は焼けても、そこで暮らしていた人々がべつの町でやり直していく。それを、むかし隣り合わせていた人たちが助ける。そうやって、江戸の人たちはいくたびもの大火を乗り越えてきたんだからね」

隠居がしみじみとした口調で言った。

「江戸は負けず、ですね」

おちよが笑みを浮かべて酒を注いだ。

「おとう、つぎは？」

千吉があどけない声でたずねた。

時はかかったが、奴豆腐の薬味は言われたとおりにきれいに切られていた。

「腕が上がったな、千坊」

富八がほめると、まだ謙遜とは無縁のわらべは、力強く「うん」と返事をした。

「よし、船場汁《せんばじる》のあたりをつけてもらおうか」

時吉は鍋のほうを指さした。

「いいの？　おまえさん」

おちよが問う。

「なに、最後に決めるのはおれだから」

時吉はそう答え、鍋のだしを小皿にちょっとすくって千吉に渡した。

船場汁は鯖のあらを使う。長屋でもつくるような汁だが、ひと手間かけて品のいい味に仕上げるのが料理人の心意気だ。

塩を惜しまず多めに振ったり、湯をかけて霜降りにしたりすれば、あらの魚臭さが消えて味がまろやかになる。さらに、煮汁を一度こして澄んだものにしてやる。このひと手間でずいぶんと違ってくる。

大根も一緒に煮る。具だくさんの船場汁は大坂《おおさか》の商家の知恵から生まれたという説が有力だ。

この汁の勘どころは、あまり煮詰めすぎないことだ。濃くせずに、後を引く感じを残すのが骨法《こつぽう》で、仕上げの塩と薄口醬油も含めて、料理人の舌が問われる。

時吉が小皿に取ったその汁を口に含むと、千吉は小首をかしげた。

そして、父に向かってこう告げた。

「ちょっと、おしお、たりないよ」

それを聞いて、時吉の顔に驚きの色が浮かんだ。

「ほんとにそう思うんだな？」

「……うん」

いくらか自信なさげに、千吉はうなずいた。

「おとうも、塩を足そうと思ってたんだ。いい舌をしてるじゃないか」

「すごいね、千吉」

おちよもすかさずほめる。

「これでのどか屋は安泰だね」

隠居が笑みを浮かべた。

「あしたから、のどか屋は千ちゃんがやんな」

湯屋のあるじが言うと、千吉は心底うれしそうに笑った。

四

寅次と富八は岩本町に戻ったが、隠居は例によって一枚板の席で根を生やしていた。

ほどなく、隣に客が座った。ここから近い馬喰町《ばくろちょう》で力屋《ちからや》という一膳飯屋を営んでいる信五郎《しんごろう》だ。

本来ならあきないがたきのはずだが、縁あってのどか屋の親戚のごときものになった。と言っても、人が嫁いだりしたわけではない。力屋の入り婿《むこ》になったのは、元はやまと、いまはぶちと呼ばれている猫だった。

「ぶちちゃんは達者ですか？」

おちよがまず猫のことをたずねた。

「達者ですよ。相変わらず食っちゃ寝の暮らしで」

若いころは飛脚で鳴らした信五郎が答える。

飛脚や荷車引きや駕籠《かご》かきなど、体を使うなりわいの者たちのために、食せば力が出る膳を出している。文字どおりの「力屋」だ。

男臭い見世だが、盛りはいいし料理もうまいから、なかなかの繁盛ぶりだった。朝早くからのれんを出し、酒はほとんど出さずに見世じまいをする。それから仕込みを終え、のどか屋に折にふれて呑みに来てくれる。

「それが猫のつとめみたいなものですからね」

と、おちよ。

「結構なもんですよ。……や、このあら汁は勉強になりますね」

力屋のあるじは感心の面持ちになった。

「千ちゃんが最後に味つけをしたんだよ」

隠居が言うと、今度は里芋の皮むきの稽古を始めた千吉が得意げな顔つきになった。

「ほう、そりゃ弟子入りしなきゃ」

信五郎がそう言ったから、のどか屋に和気が満ちた。

「あっ、お帰りなさいまし」

おちよが声をあげた。

のどか屋の浴衣に着替えた五人の船大工衆が戻ってきたのだ。

木下から来た夫婦は部屋に戻ったから、ちょうど座敷が空いていた。そろいの浴衣に着替えた男たちがそこに陣取る。

「ああ、いい湯だったな」

かしらの善造が言った。

「なかなか筋のいい湯屋でしょう？」

「おう。旅籠の客が詰めかけるんで、ちょいと混んでたがな」

「おんなじ浴衣も見かけたぜ」

手下の一人が、袖に手をやった。

浴衣にも、くどいくらいに「の」を散らした。そのせいで、いつぞやは泊まり客が芝居の一座と間違えられたという笑い話まであった。

「御酒《ごしゅ》はいかがいたしましょう」

おちよが問う。

「もちろん、もらうぜ」

「風呂上がりは冷やがいいですね、かしら」

「そうだな。肴は絵図の発句に書いてあった奴豆腐と……腹にたまるものもまぜて、どんどん出してくんな。値の張るものだっていいぜ」

善造は太っ腹に言った。

「ずいぶんと豪儀《ごうぎ》ですね」

一枚板の席から、信五郎が声をかけた。

「そのうち、大きなあきないで実入りが……」

「おっとそこまでにしときな。おめえは口が軽いんだ」

かしらがにらみを利かせる。

「へい、すんません」

「船ってやつは、一隻納めたらわりと実入りがあるもんでね」

「そりゃそうでしょうね。時をかけてつくるものですから」

と、信五郎。

「釘や鎹《かすがい》なんぞは、腕のいい鍛冶屋《かじや》にあつらえさせてる。そのために、わざわざ江戸まで出てきてるんだ」

「それはご苦労様でございます。まずは御酒を」

おちよが酒器を載せた盆を運んでいった。

「おお、来た来た」

「前祝いだ」

「あきないがうまくいきますように」

「そりゃ、大吉《だいきち》の働き次第だな」

「ま、せいぜい精をつけとけ」

かしらはそう言って、商家の手代が似合いそうなつるっとした顔の若者の肩をぽんとたたいた。

ほどなく、表の軒行灯《あんどん》に火が入った。

まだまだこれから泊まるところを探しに来る者もいる。「いっぱいです」という看板を分かりやすく出しているのに気づかずに入ってくる客もいるから、おちよは応対に追われた。

「わたしが運びましょう」

信五郎が座敷に飯を運んでいった。

「すみません、力屋さん」

帳場のほうから急いでおちよが戻ってきた。ちょうどいま旅籠の客に断りを入れたところだ。

「なんのなんの。……はい、お待ちどおさまで」

見世が忙しいときは、常連客が手伝う。これものどか屋らしい光景だった。

座敷の船大工衆に出されたのは、茸飯だった。

油揚げを短冊に切り、浅めの鍋で炒める。油揚げからじわじわと出る油を使うのが知恵だ。こうすれば、労せずして油抜きもできる。

それから、石突きを取るなどの下ごしらえをした茸をほぐして入れる。茸は何でもいいのだが、三つの種を合わせると格段にうまくなる。なぜかは分からないが、二つと三つとではこれほどまでに味が違うのかと驚くほどだった。

今日はしめじと舞茸と平茸を使った。山のほうからもいい茸を運んできてくれるから、ありがたいかぎりだ。王子《おうじ》に近い西ケ原《にしがはら》村からは青菜も入るが、山林では松茸も採れる。

茸は油揚げとともによく炒め、塩と胡椒《こしょう》をきつめに振る。油揚げはしっかりと焦げ目がつくくらいでちょうどいい。

これを具に、濃いめのだしに醤油と味醂をまぜて炊く。おこげが多めにできる按配で炊くと、なんとも香ばしいのどか屋自慢の茸飯の出来上がりだ。

「こりゃ、うめえ」

さっそく座敷で声があがった。

「なんじゃこれは、ってびっくりするうまさだな」

「飯の焦げてるとこが、ぱりぱりしてうめえのなんの」

箸が勢いよく動く。

その様子を、一枚板の席から振り向いて、隠居が目を細くして見ていた。

「さあ、千吉。そろそろおねむの頃合いだよ」

おちよが声をかけた。

「でも、あんまりねむくない」

「お布団に入ったら眠くなるから」

「今日はずいぶん稽古したな。ゆっくり休め」

時吉も言うと、やや不承不承《ふしょうぶしょう》ながらも千吉はうなずいた。

日が落ちると、客にも酒が回ってくる。常連にたちの悪い酒呑みはいないが、泊まり客はさまざまだ。一見《いちげん》の客もいる。妙なからみ方をするから、時吉が一喝《いっかつ》したこともあった。

そういった大人の醜いところをわらべにはまだ見せたくない。そのために、夜になったらすぐ寝かせることにしていた。

「おやすみ、千坊」

信五郎が声をかける。

「千ちゃんがむいてくれた里芋、煮えたらありがたくいただくよ」

隠居がそう言うと、千吉はうれしそうに笑った。


千吉を寝かせておちよが戻ってくるなり、ふっとのれんが開き、また一人、常連が入ってきた。

「おや、あんみつの旦那」

おちよが気安く呼ぶ。

「おう、ちょいと無沙汰だったな」

顔を見せたのは、安東満三郎《あんどうみつさぶろう》。甘いものさえあればいくらでも酒を呑めるという、のどか屋の常連のなかでもいちばん変わった好みの持ち主だ。

だが、今日は一人だけではなかった。うしろにもう一人立っていた。

「おれの手下をつれてきたぜ。……おう、入んな」

安東満三郎が声をかけると、闇の中からもう一人の男の顔が浮かんだ。

「いらっしゃいま……」

おちよの声がそこで途切れた。

安東の手下だという男は、初めてのどか屋で見る顔ではなかった。

先日訪れた、あの感じの良くない眼鏡売りだった。

第三章　穴子づくし

一

「だますつもりはなかったんだがな。なにぶん、何かに身をやつすのが習いになってるもんで」

　前は眼鏡売りだった男は、そう言って髷に手をやった。

　今日は普通の着流しで、いなせに結った髷がよく似合っている。よく見ると、鼻筋の通ったなかなかの男前だ。

「前に見えたときは、手ぬぐいを外したときに変だと思いました。髷が見るからに武家のものでしたから」

「そうかい。そりゃうかつだったな」

男はそう言って、ちらりと髷に手をやった。

「八丁堀《はっちょうぼり》風のいなせな髷だからな」

安東満三郎が言う。

「恐れ入ります」

客が二人来たのをしおに、力屋の信五郎がすっと席を立った。

「こちらは朝が早いもので、そろそろ終《しま》いにさせていただきます」

力屋のあるじはそう言うと、安東とその手下にていねいに一礼して、のどか屋から出て行った。

すると、その動きが伝わったかのように座敷からも声があがった。

「おう、考えてみりゃ、おれらも朝が早いじゃねえか」

かしらの善造が言う。

「そうですね、かしら。飯は食ったし、早めに上がりましょうか」

手下が和す。

「いまおつくりしているものもあるのですが」

時吉は少し当惑したように言った。

肴をどんどん出してくれという話だったから急いでつくりだしたのだが、これではいきなり梯子《はしご》を外されたみたいだ。

「すまねえ。そいつは八丁堀の旦那に回してくだせえ。何ならこっちのつけでもかまわねえんで」

「それくらいの銭はあるぜ」

同心が手を挙げた。

「へい、相済みません」

船大工衆のかしらは頭を下げた。

「旦那方にゃ、盗賊なんぞを捕まえてもらわなきゃいけませんからな」

その片腕とおぼしい男が、笑みを浮かべて言う。

「んなこと言ってねえで、呑んだらさっさと出るぜ」

善造は手下を急《せ》かせた。

「そうすね」

「朝が早《はえ》えから」

船大工たちは急いで残った酒を呑み干した。

ほどなく、座敷の客はあわただしく二階の部屋に戻っていった。

二

「まだ名乗っていなかったな。影御用の隠密廻《おんみつまわ》り同心の万年平之助《まんねんへいのすけ》と申す若輩者でござるよ」

いささか自嘲気味に、万年同心は言った。

「影御用の隠密廻り、と申しますと？」

腑に落ちない顔で問うと、時吉は「お待ち」と言い添えて肴を出した。

千吉が皮をむいていた里芋の煮っころがしだ。

「表の隠密廻りは、町方の同心だな。おれは八丁堀に住んでて、同心の株を持ってるんだが、町方じゃなくて安東様の組なんだ。ちょいとややこしいんだが」

「そうすると、黒四組なんですな？」

隠居が問う。

座敷の客がいなくなってだいぶ寂しくなったが、その分、人の耳を気にせずこみ入った話もできるようになった。

「数少ないおれの手下よ。……うん、甘《あめ》え」

あんみつ隠密の口から、いつものせりふが飛び出した。

甘辛い江戸の味つけだが、安東の小鉢には味醂をたっぷりかけてある。甘ければ甘いほどうまいという舌だから、流山の上等の味醂はどうしても要《い》り用だ。

将軍の履物や荷物を運んだりする黒鍬《くろくわ》の者は三組まであるが、人知れず四番目の組もつくられていた。そのかしらが、いまうまそうに甘い里芋をほおばっている安東満三郎だ。

黒鍬の者の四番組、約《つづ》めて黒四組は、いわゆる影御用にたずさわっていた。と言っても、御庭番《おにわばん》のように諸国に潜入して表には出せないつとめを行うわけではない。ときには御庭番めいた仕事もすれば、またときには江戸の町の安寧《あんねい》のためにひと肌脱ぐ。あちらこちらと風のように動く神出鬼没《しんしゅつきぼつ》のお役目だ。

「身をやつして江戸の町を流す隠密廻りでも、属しているのは町方じゃなくて黒四組。だから、影御用の隠密廻りっていう寸法で。名は体《たい》を表すとはよく言ったもんで、まさに万年平《ひら》の隠密廻りでさ」

万年同心はそう言って、猪口の酒をぐいとあおった。

「分かんないぜ。おれが死んじまったら、跡継ぎに困らあ。平《へい》ちゃんに白羽の矢が立つかもしんねえぞ」

安東は同心を気安く呼んだ。

あんみつ隠密は顔が長めで、あごがとがった異貌だが、こちらもよく見ると顔の造作は整っている。安東が兄で万年が弟、血を分けた兄弟と言っても通りそうな二人だ。

「そうですかねえ。苗字が万年だから、名前がおめでたい亀之助《かめのすけ》か何かならともかく、平之助じゃ一生うだつが上がらねえや」

万年同心の唇がゆがんだ。

どうもぼやきの多い御仁らしい。ただし、嫌味な感じはあまりなく、どこか憎めないところがあった。

次の肴ができた。

椎茸と青唐辛子の焼き浸しだ。軽く焼き目がつくまで網焼きにし、手際よくつけ汁につけていく。醬油と煮切り酒と味醂をまぜたつけ汁がしみる頃合いを見て、手早く盛りつけてお出しする。

「なら、かしらになったら亀ちゃんに名を改めな」

安東が戯れ言を飛ばした。

万年同心は「うへえ」という顔つきで箸を伸ばし、焼き色がいい感じの青唐辛子を口中《こうちゅう》に投じた。

「うまいね」

隠居は椎茸だ。

「焼き浸しは味の含ませ具合がむずかしそうだが、さすがにのどか屋だ」

「ありがたく存じます。お次は、これを」

時吉は次の肴を出した。

戻り鰹《がつお》の辛子和《からしあ》えだ。一寸より小さい角切りにした鰹の身に辛子醬油をまぶし、上の面にだけ白胡麻《しろごま》を振ってやる。小粋で小技の効いた肴だ。

「それにしても、すぐご注文が変わると大変ね」

座敷の後片付けを終えたおちよが時吉に言った。

「ずいぶん変わり身が早かったな、船大工さんたち」

「ほう、船大工なのかい」

と、万年同心。

「相州から来たそうです」

「相州か。あのあたりも代官《だいかん》と八州廻《はっしゅうまわ》りがずいぶん締めてかかってるんだ。……お、来たな、いつもの」

あんみつ隠密は長い顔に笑みを浮かべて器を受け取った。

その名も、あんみつ煮。

安東の大好物だから、その名がついた。食べよい大きさに切った油揚げを煮て、砂糖と醬油で味つけしただけの簡明な品だ。飯が入っていない稲荷寿司と言ってもいい。

なにぶん顔を見てからでもつくれる。油揚げは朝と昼の膳につける味噌汁の具になるし、生《しょう》のものの代わりになるかみ味もするから、なにかと重宝《ちょうほう》だ。

ゆえに、多めに仕入れてある。安東がふらりと顔をのぞかせても、すぐ出すことができた。

「湯気の立ってる油揚げはまた格別だぜ。甘え」

あんみつ隠密が相好《そうごう》を崩す。

「で、締めてかかってると申しますと？」

隠居が話の先をうながした。

「網を引き絞ってると言ってもいいかもしんねえな。そのおかげで、徒党を組んで悪さをする連中は減ってきたようだ」

「それは重畳《ちょうじょう》」

と、隠居。

「ただ、悪いやつらってのは、人がたくさんいりゃ、ある程度の割りでどうしても出てきてしまうもんだ」

「だったら、江戸が物騒なことになりますね」

おちよがいくらか眉をひそめた。

「そうなんだ、おかみ。そこで、町方や火盗改《かとうあらため》に踏ん張ってもらわなきゃならねえところなんだが、町方はともかく、火盗改はここんとこぱっとしなくてな」

安東は浮かない顔つきになった。

「むかしはずいぶんと恐れられたものですがね」

穴子の下ごしらえをしながら、時吉が言った。

のどか屋の二幕目では、朝と昼には出せない肴を出す。今日は穴子が目玉の品だ。脂ののった上等のものが入ったので、穴子づくしにしようと決めていた。

「そうなんだ。長谷川平蔵《はせがわへいぞう》をはじめとして、鬼と恐れられた火盗改はいくらもいた。ところが、昨今はすっかり形ばかりになっちまって、上役の屋敷の近辺ばかり廻って届けを出し、さもさも働いているようなふりをしたりしてる」

安東は苦い顔つきになった。

「あちらこちらとお忙しい安東様とは大違いですな」

季川がさりげなく持ち上げる。

「まったくだ。手下に咎人《とがにん》の手配を頼み、番屋につないでおいた賊を召し捕っておのれの手柄にして一丁あがり、っていう猿芝居も多いらしい」

「それだったら、べつにどなたでもつとまりますね」

おちよがあきれたような顔つきになった。

「そのとおり。そんなことをやってるもんだから、手下もだいぶゆるんじまってる。火盗改はもうあてにならねえ」

あんみつ隠密は、吐き捨てるように言った。

「そこで、代わりに江戸の民を守る者として……」

万年同心が見得《みえ》を切るようなしぐさをした。

「影御用の隠密廻りが活躍されているわけですね」

おちよがうまく言葉を添える。

「よく分かってるな、おかみ」

万年同心が笑みを浮かべたとき、次の料理ができた。

いよいよ穴子づくしだ。江戸前の穴子の天麩羅と握り寿司が出た。

からりと揚げた天麩羅に、甘辛いたれをほどよく塗った握り寿司。まさに、江戸づくしの穴子膳だ。ただし、酒の肴として出しているから、飯は控えめにしてある。

「おお、こりゃ豪勢だね」

と、隠居。

「天麩羅は揚げたてをお召し上がりください。安東様の分は、天つゆを甘くしてありますので」

「ありがとよ」

黒四組のかしらが軽く手刀を切ったとき、またのれんが開き、二人の常連客が入ってきた。

原川新五郎《はらかわしんごろう》と国枝幸兵衛《くにえだこうべえ》、大和梨川藩《やまとなしがわ》の勤番の武士だった。

三

「うまいっ」

穴子の握り寿司を食した原川新五郎が、すぐさま声を発した。

「ほんまや」

上方《かみがた》なまりで、国枝幸兵衛も和す。

偉丈夫が原川、華奢《きゃしゃ》なほうが国枝、いずれも古くからのどか屋に通ってくれている。

　と言うのは、ほかでもない。のどか屋のあるじの時吉は元武家で、大和梨川藩の禄《ろく》を食《は》んでいたのだ。紆《う》余曲折《よきょくせつ》があって刀を捨て、包丁に持ち替えたあとも、気のいい勤番の武士たちはむかしのよしみでこうしてのれんをくぐってくれる。

「どや、おかみ。旅籠のほうは繁盛してるんか？」

　原川がたずねた。

「ええ。おかげさまで、今日もお部屋がみな埋まりました」

　おちよが笑顔で答える。

「そら、なによりや」

「それにしても、うまいな。この穴子の握り」

「ちょっと前までは、握り寿司なんかなかったんやが。なあ、ご隠居」

　座敷から一枚板の席へ、声が飛んだ。

「そうそう。わたしの若いころはなかったですよ」

　隠居もそう言って、穴子の握りをうまそうに口に運んだ。

「いまでも大和梨川には伝わってないさかいな」

「そら、田舎やから」

　東海道から外れ、心細い脇街道を大和のほうへ進む。険しい峠を越えると、四方を山で囲まれた盆地に出る。そこが田舎の小藩、大和梨川だ。

二代目の華屋与兵衛《はなやよへえ》が始めた与兵衛寿司が握りの嚆矢《こうし》とされている。はやりだしたのは文政《ぶんせい》に入ってからだから、もちろん隠居の若いころにはなかった。

「こいつは、おれの弟みたいなもんで」

安東が戯れ言めかして万年同心を勤番の武士たちに紹介した。

「万年平同心の万年平之助と申します。安東様の手下で」

「おう、そりゃ大儀なことで」

「まま、一献《いっこん》」

そんな調子で、勤番の武士たちと、影御用の隠密廻り同心はすぐさま打ち解けた。

「花火みたいに、どんどん揚がってますので」

おちよが大きなざるを座敷に運んでいった。

穴子のみならず、茸なども次々に天麩羅にしていく。

「そろそろ揚がるころだ、と音で分かるからな」

あんみつ隠密が耳に手をやった。

「悪いやつもそうやって音で分かればいいんだがね」

と、隠居。

「ま、言葉の端々とかで分かることもあらあな」

安東はそう言って、平茸の天麩羅を甘いめのつゆにつけて口に運んだ。

「そやけど、『影御用の隠密廻り』ってのはちょいと長いな」

万年同心から注がれた酒を呑み干してから、原川が言った。

「たしかに。なら、どうします？」

ちらりと安東のほうを見てから、万年平之助がたずねる。

「ほんとはおらんことになってる、影御用の隠密廻りやろ？」

国枝が問う。

「へい、さようで」

同心はわざと町人口調で答えた。

「そやったら、幽霊みたいなもんや。『幽霊同心』はどや」

勤番の武士が言うと、上役がすぐさまひざを打った。

「おう、そりゃいい。いち早くあの世へ行って帰ってきたみてえだ」

「そりゃ、ずいぶんじゃないですか、安東様」

万年同心は何とも言えない顔つきになった。

「いいじゃねえか。幽霊だったら何にでも化けられるぞ」

「壁を通り抜けて、どこへだって入れますよ」

隠居も和す。

「語呂《ごろ》もええな。幽霊同心悪者退治、芝居になりそうや」

「よっしゃ、これで決まりやな」

勤番の武士たちは勝手に話を決めてしまった。

「なら、襲名の祝いにおれがおごってやろう」

と、安東。

「はあ、そりゃありがたいですが」

まだいくらか片づかない顔で、幽霊同心が答えた。

「時に、握り寿司はずいぶんな勢いではやってきたけれど、寿司に天麩羅といえば、あとの江戸の顔は何かねえ」

隠居がだれにともなく問うた。

「そりゃ、蕎麦《そば》じゃねえか?」

あんみつ隠密がすぐさま言う。

「なるほど、天麩羅に寿司に蕎麦か。三種の神器みたいなものですな」

隠居は納得顔になった。

「上方《かみがた》やったらうどんやろけど、江戸は蕎麦やな」

「そうそう、蕎麦を音立てて啜るのが江戸っ子の心意気や」

勤番の武士たちも和す。

「では、いずれその三つをそろえて、ついでに刺し身などもつけて、江戸前の祝い膳を出しましょう」

時吉が二の腕をぽんとたたいて言った。

「そういえば、このところ麺打《めんう》ちをやってなかったわね、おまえさん」

おちよが麺棒を動かすしぐさをした。

「膳に出すのはどうしても飯になってしまうからな。何かのときにやっておかないと忘れてしまうよ」

「だったら、こうすりゃいい」

あんみつ隠密がやや芝居がかったしぐさでひざを打った。

「何か思いつきましたか？　安東様」

手下が問う。

「せっかく幽霊同心の名をもらったんだ。次に手柄を立てたら、三つそろった江戸前の祝い膳をつくってもらえ。おれがおごってやる」

「承知しました。……そいつは、どのくらいの手柄で？」

万年同心が声を落として問うたから、のどか屋に和気が満ちた。

「そうさな」

黒四組のかしらは、腕組みをしてから答えた。

「獄門になるような悪者を捕まえてくれ。そしたら、のどか屋のあるじが豪勢な祝い膳をこしらえてくれるぞ」

上役の言葉に、幽霊同心は顔を引き締めてうなずいた。

第四章　松茸攻め

一

翌日はいい秋刀魚がたくさん入った。

さっそく、朝の膳では塩焼きにした。いくらか辛みのある大根をおろして、炭火で焼いた秋刀魚に添える。これに醬油をたらして食せば、まさに口福《こうふく》の味だ。おのずと笑みがこぼれる。

飯は、すっかりのどか屋の膳の顔になった豆腐飯にした。泊まり客はもとより、初めてふらりとのれんをくぐって朝膳を食べた左官衆は、あまりのうまさに昼も食べにきてくれたほどだ。

「重ねてお運びいただいてありがたく存じます」

「ほんに、ありがたいことで」

おけいとおちよが満面の笑みで言った。

「あの豆腐飯、一度食ったらまた昼も食いたくなってよ」

「足がつい向いちまったんだ」

「ずっとこの近くで普請がありゃいいんだがよ」

橡《つるばみ》色の渋いそろいの半纏《はんてん》をまとった左官衆が口々に言う。

「秋刀魚は朝と昼で料理を変えてありますので」

と、おちよ。

「おう、塩焼きもいいが、蒲焼きも乙《おつ》なもんだな」

「おいら、秋刀魚の蒲焼きは初めて食った」

評判は上々だった。

そうこうしているうちに、長逗留を除く泊まり客が次々に発《た》っていった。うれしいことに、江戸には食い物屋がたんとあるのに、昼膳までのどか屋で食べて行ってくれる客もいた。

「またこの味を食べに来るよ」

「豆腐を見るたびに、ここの飯を思い出すな」

そんな客の言葉が、何よりの励みになった。

昨日から逗留している船大工衆は、言うほど朝は早くなく、飯も食べにこなかった。左官衆が入ってきてくれたから余ることはなかったが、どこかでお呼ばれの当てでもあるのなら、前もって言っておいてくれないと困る。

ほどなく昼の膳が終わり、中休みに入った。

「旅籠のほうはやっておきますから、休んでくださいな、おかみさん」

おそめがそう言ってくれた。

「千ちゃんのお相手は、わたしがやりますので」

おけいも笑って和す。

「そう、悪いわね。今日も朝が早かったから」

いくらか眠そうな顔で、おちよが答えた。

「休めるときには休んでくれ」

厨で松茸の汚れを取りながら、時吉が言った。

こちらは若いころに剣術の朝稽古で鍛えているから、寝る時が短くてもさほど苦にはならない。

「うん、ありがとう」

そう答えたおちよのもとへ、猫がわらわらと集まってきた。

「なんだい、おまえたち。わたしが寝るのを待ってるの？」

中休みのときにおちよが横になると、猫たちがその体に乗って「ふみふみ」を始めたりする。ときには三匹そろって乗ってきたりするから、寝られなくなってしまうこともあった。

「にゃあ」

ちのが「そうよ」と言わんばかりにないたから、のどか屋に和気が満ちた。

そんな按配で、とにもかくにもおちよは座敷で横になり、長くはないがそれなりに眠った。

今日もまた、のどか屋の二幕目が始まった。

二

「早めに宿を決めたほうがいいよ、おまえさん」

おそでが言った。

「そんなに急《せ》くことはなかろうよ」

仁助《にすけ》が答える。

「でも、品川宿《しながわじゅく》と違って、横山町の旅籠はわりと埋まったりするって聞いたよ、おとっつぁん」

髷を桃割れに結った娘が言った。

おなおは今年で十四になる。髷を結いだしてまだ日が浅いが、背丈はもう親より高い。白藤のつまみ簪《かんざし》もよく似合っている。

「なら、竹松《たけまつ》に訊いてみようかね」

仁助はそう言って、胸に手を軽く当てた。

しばらく話をすると、家族の意見がまとまった。

「竹松の言うとおりだね。早めに宿を押さえておいて、荷を下ろしたほうが楽だよ」

おそでが言う。

「お兄ちゃんは、このあたりも縄張りみたいなもんだから」

おなおも和した。

「さて、どの旅籠がいいだろうかねえ」

一家のあるじの仁助は、通りの両側に立ち並ぶ旅籠を見た。

「あそこに『の』っていうのれんが出てるよ、おとっつぁん」

おなおが指さした。

「『の』だけじゃ何か分からねえな」

仁助が首をひねったとき、見世の表で手毬遊びをしていたわらべが顔を上げ、にこっと笑って言った。

「おとまりなら、のどか屋へ」

かわいい声で言う。

「まあ、呼び込みさんなの？」

おなおが問う。

「うん」

わらべがうなずく。

「いい匂いがするけど、ここは料理屋さんでは？」

おそでがいくらかいぶかしげな顔つきになった。

「はたごもやってるの」

わらべがそう答えたとき、声を聞きつけて、中から女が出てきた。

「お泊まりでしたら、どうぞのどか屋へ。朝のお膳もついています。静かなお部屋が空《あ》いておりますので」

愛想よく言う。

「どうじょ」

わらべもぺこりと頭を下げた。

「なら、竹松、ここでいいかい」

おそでが問う。

「ああ、いいだろう」

仁助が代わりに答えた。

「ありがたく存じます。では、お荷物をお運びしますので。……おそめちゃーん」

女の呼びかけに答えて、ほどなく娘がもう一人出てきた。

「ここの子なの？」

おなおがわらべに話しかける。

「うん。千吉」

「千ちゃんね。呼び込みまでして、えらいね」

おなおが頭をなでてやると、わらべは花のような笑顔になった。

三

「そうかい。そりゃあ出来《でか》したじゃねえか、千吉」

一枚板の席で、長吉が笑みを浮かべた。

浅草の長吉屋は休みだ。もともと初孫の千吉を猫かわいがりしていたところへ、見世が近くなったものだから、このところは休みのたびにのどか屋ののれんをくぐるようになった。

「これでのどか屋さんも、末長く安泰ですね」

長吉の隣で、元締めの信兵衛が笑う。

「よびこみ、したよ」

千吉は自慢げに言って、おやつの骨せんべいをぱりっとかんだ。

少しでも足の骨のたしになるようにと、薬膳に詳しい青葉清斎《あおばせいさい》医師の助言も容《い》れて、骨せんべいのたぐいを日頃から与えるようにしている。料理屋だから、材料がいくらでも手に入るのは重宝だ。

「偉いね」

おちよは子の頭をなでてやった。

「はい、お待ち。松茸飯でございます」

時吉が一枚板の席に茶碗を出した。

「おお、来たな」

「いい香りがしてます」

長吉と信兵衛が受け取り、さっそく箸を取った。

昼の膳には間に合わなかったが、王子村《おうじ》からいい松茸が入った。明日の昼は松茸づくしを考えている。その稽古を兼ねた松茸飯だった。

ていねいにふいて汚れを取り、石突きを包丁で取り除いた松茸は、食べよい大きさに切る。ともに合わせるのは油揚げだ。油抜きをして、細く切った油揚げを茸の炊き込みご飯にまぜるのは、常道中の常道といえる。揚げに味がしみてことのほかうまい。

もう一つの骨法は、だしを吸い物より濃いめの味に調えることだ。こうしてやると、炊きあがりが違う。醤油と味醂と酒と塩を使い、おのれの舌を信じて味を決める。

「仕上げがまたいいですね。入ってるのといないのとではずいぶん違います」

旅籠の元締めがそう言ったのは、三つ葉の軸だった。

「お吸い物は葉のところが合いますけど、ご飯は軸が合いますので」

と、おちよ。

「ちょうどいい按配だ。品のいい味になってる」

長吉も太鼓判を捺《お》した。

「香りのものを、またべつの香りが引き立ててます。なるほど、料理人さんの知恵ですねえ」

信兵衛がうなる。

ほどなく、二階へ茶と菓子を運んだおそめが戻ってきた。

「しばらく逗留するから、そのうち似面《にづら》を描いてあげるって、千ちゃん」

千吉に告げる。

「にづら?」

わらべはきょとんとした顔つきになった。

「そう。千ちゃんが呼び込みをしたお客さん、品川宿のいろんな名所で似面描きをしてるんだって」

「へえ、似面描きを。こちらのほうへ出稼ぎに見えたのかしら」

おちよが軽く首をかしげた。

「さあ、そこまでは。三人でただの物見遊山なのかもしれませんけど」

おそめはそう答えてから、元締めに酒を注いだ。

「だいぶ堂に入ってきたじゃないか、おそめちゃん」

信兵衛が笑う。

「はい。みなさん、よくしてくださるので、毎日がやっと楽しくなってきました」

やっと、という言葉に重みがかかっていた。無理もない。修業に出ていた兄を除いて、おそめは先の大火で二親《ふたおや》を亡くしてしまったのだから。

「あ、そうそう、千ちゃん」

おそめは千吉に話しかけた。

「なあに？」

「お客さんのお姉ちゃんがいたでしょ」

「うん」

「おなおちゃんって言うんだけど、あとで遊んであげるって」

「やったー」

千吉は両手を挙げて喜んだ。

その後も松茸の料理が続いた。

忍び焼きは、脂身を取った鴨肉と合わせた一品だ。松茸と鴨肉を酒塩にいくらかつけておく。それから松茸に鴨肉を巻いて、楊枝《ようじ》でしっかりと留める。

これを網焼きにし、粉山椒を振って食せば、恰好《かっこう》の酒の肴になる。

「大人の味だね、これは」

信兵衛がそう言って、猪口をまた口に運んだ。

「相撲で言やあ、松茸と鴨ががっぷり四つに組んでるぜ。見てくれだけじゃなくて、味もな」

と、長吉。

「ありがたく存じます。では、次はこの肴で」

時吉はそう言って、小鉢を差し出した。

松茸の菊花浸しだ。

食べることもできる菊の花をばらし、酢を加えた湯でゆで、水気を切って冷ましてからつけ地に浸して味を含ませる。

つけ地はだしと味醂と薄口醤油と塩。それに追い鰹をして風味を出す。このつけ地で切った松茸もさっと煮て、鍋ごと井戸水につけて冷ます。

味がしみた頃合いに菊花と和え、つけ地をいくらか加えてお出しする。色合いも美しい、秋の恵みの一品だ。

「こいつぁ、洒落《しゃれ》てるじゃねえか」

長吉の目尻にしわが寄った。

「見た目だけじゃなくて、ちょいと苦い菊の花の味が松茸によく合ってます」

元締めもほめたとき、表のほうから声が響きだした。

「お、遊びだしたな」

長吉が言う。

客のおなおと千吉がかくれんぼうを始めた。そこに、おそめもまじる。ついでに猫もじゃれついているらしい。にぎやかな声が響きだした。

そのうち、おそめがだしぬけに声をあげた。

「お兄ちゃん！」

その声を聞いて、おちよと時吉は顔を見合わせた。

ややあって、一人の若者がのれんをくぐってきた。

おそめの兄の鶴松だった。

四

深川で船大工の修業をしているおそめの兄が、久方ぶりに姿を現した。

話によると、まだ修業中の身だし、大きな船づくりの仕事が立てこんでいて、休みもなかなかなかったのだそうだ。

「おそめちゃんはよく働いてくれてるから助かってます」

一枚板の席に座った鶴松に向かって、おちよが言った。

「そりゃあ、良かった。気にはなってたんですが、なにぶん忙しくて」

藍染めの半纏がよく似合ういなせな若者が答えた。

「深川はどう？　住みやすい？」

おそめが問う。

「ああ、情の濃い町だからな。親方は厳しいけど、おいらのために言ってくれてるんで、ありがてえこった。……ああ、それにしてもうめえな」

松茸飯を口に運んだ鶴松は、感に堪えたように言った。

「深川にもうまいものはいろいろあるでしょう？」

時吉が問う。

「ええ、行きつけの蕎麦屋が角の立ったうまい蕎麦を出すんです」

鶴松はやぶ浪《なみ》という見世を紹介した。

前にもうわさを聞いたことがある蕎麦屋だ。兄弟子に当たる吉松《よしまつ》と太平《たへい》に連れられてのれんをくぐった鶴松はすっかり気に入ったらしい。やぶ浪には跡取り息子も生まれ、ずいぶんと繁盛しているようだ。

「おっ、ちょいと手を見せてみな」

若い船大工に酒を注いでから、長吉が言った。

「へい」

いくぶん緊張ぎみに、鶴松は両手を差し出した。

「それじゃ、お縄を頂戴するみたいよ、お兄ちゃん」

おそめがそう言ったから、のどか屋に和気が満ちた。

「おう、こりゃ職人の手だ。励んでる証しが手に出てら」

また目尻にしわが寄る。

「でけえ釘を打ったり、鋸《のこぎり》を引いて板を切ったりしますんで」

鶴松は胼胝《たこ》やひび割れのできた誉れの手をかざした。

「大工さんには、頑丈な船をつくってもらわなきゃなりませんからね」

信兵衛が頼もしそうに言った。

「ちょうどうちの長逗留のお客さんに、相州から来た船大工さんたちがいるんです。……あっ、うわさをすれば」

おちよが言葉を切って振り向いた。

どこぞへ出かけていた客がどやどやと戻ってきたのだ。

巡り合わせと言うべきか、戻ってきたのは泊まり客の船大工衆だった。

五

「おう、松茸飯か。いいねえ、どんどん持ってきてくんな」

船大工衆のかしらの善造が笑みを浮かべた。

「はい、承知しました」

半ばは兄に働きぶりを見せるように、おそめが答えた。

「ほかにも松茸料理ができますが、いかがいたしましょう」

おちよがそうたずねたとき、また泊まり客が来た。そちらはおけいが出て案内をする。のどか屋にさまざまな声が響き、おのずと活気が生まれた。

「おいらは焼き松茸がいいな」

「裂いて網焼きにして、醬油をたらして食うやつだな」

「そうそう。あつあつの松茸を、はふはふ言いながら食うんだ」

「たまんねえな、そりゃ」

船大工衆は上機嫌だった。

「では、焼き松茸を」

「承知しました」

厨から、時吉が答えた。

声といえば、おなおと千吉はずいぶんと気が合ったらしく、もうだいぶ経つのにまだ楽しそうに遊んでいた。

「もういいかい？」

「まあだだよ……」

かくれんぼうをする声が響いてくる。

「ちょいとごあいさつをしたいので、おいらから銚子を一本」

鶴松が小声で言った。

「おう、そりゃいい心掛けだ」

と、長吉。

「若いのに気が回るな」

信兵衛も和す。

妹のおそめから銚子と盆を受け取ると、鶴松はそれを座敷に運んだ。

「おいら、鶴松と申します。同じ船大工の修業をやらせてもらってます。こいつはお近づきのしるしに……」

そう言って銚子を差し出すと、それまでにぎやかだった座敷が妙に静まった。

「そ、そうかい。そいつぁ、気を遣ってくれてありがてえ」

かしらの善造が猪口をつかみ、手を前へ差し出した。

鶴松はいくらかあいまいな顔つきになった。

だが、気を取り直したように銚子の酒を注いでたずねた。

「相州ですってね。どのあたりで船大工を？」

「……鎌倉《かまくら》だ」

少し間を置いてから答えると、かしらはぐいと猪口の酒を呑み干した。

「するってえと、七里ケ浜《しちりがはま》のあたりで？」

「ま、そんなとこだ。稲村《いなむら》ケ崎《がさき》の湧き湯でときどき湯治《とうじ》をしてら」

そんな按配で相州の話はいくらか出たが、話はさほど弾まなかった。

焼き松茸ができた。

のどか屋じゅうに、松茸のたまらない香りがたちこめる。

しかし、いざ料理ができあがってみると、船大工の若い衆はあまりはしゃいだりしなかった。

「おう、食え」

かしらにうながされて箸を取り、口に運んで、

「うめえ」

「やっぱりこれだな」

と、表情を崩したものの、馬鹿騒ぎには程遠かった。

ははあ、と時吉は思った。

船大工には縄張りがあるし、おのれの仕事を人に盗まれまいとする思いが強いのだろう。ゆえに、船大工の修業中だという鶴松が酒を注ぎにきたから、みな警戒しているのに違いない。

そういう雰囲気は鶴松にも伝わったようだ。あまり長々と話しこんだりせず、

「なら、お邪魔しました」

と、早々に切り上げて一枚板の席に戻ってきた。

座敷の船大工衆は、焼き松茸と松茸飯を平らげると、昨日と同じく早めに部屋へ戻っていった。

「明日はまた早えからな」

かしらの善造が言う。

「これから相談もありますからね」

「そうそう、今日仕入れてきた……」

「鎹《かすがい》もちゃんとあらためておかねえとな。おう、行くぜ」

若い衆の言葉をさえぎって言うと、善造は真っ先に腰を上げた。

六

「ずいぶん遊んでもらったな、千吉」

長吉が出がけにそう言って、孫の頭に手をやった。

「うん」

千吉は満足げにうなずいた。

もうだいぶ外が暗くなってきた。明日の仕込みもあるし、長吉はこれから浅草《あさくさ》の福井町に戻る。

元締めの信兵衛と、のどか屋を手伝っている女たちも浅草へ戻るところだった。

「なら、おめえの住んでるところをちらっと見てから深川へ戻るよ」

鶴松が言った。

「遅くならない？　お兄ちゃん」

おそめが案じ顔で問う。

「今日は遅くなるって親方に言ってきてあるんで。あしたからまた気張ればいいさ。それに……ちょいと話もあるからな」

兄は声をひそめた。

「話って？」

「そりゃ、着いてからで」

時吉の顔をちらりと見てから、鶴松は言った。

「では、また」

元締めが手を挙げた。

「また、あしたね」

一緒に帰るおけいが千吉に言った。

「ありがたくぞんじまった」

わらべがぺこりと頭を下げた。

「わたしに言わなくたっていいから」

おけいが笑う。

これから、今日はべつの旅籠で働いていたおしんと落ち合い、皆で浅草に帰る。その一行を見送ると、急に潮が引いたような按配になった。

「おお、そうだ。千吉ちゃんの似面を描かないとね」

泊まり客の仁助が言った。

「では、座敷が空いてますので」

おちよが手で示した。

「だったら、眠くなるまでに描いてもらえ」

時吉が言うと、千吉はにっこりと笑った。

今日も出先で描いてきたのかどうか、似面を描く支度はもう整っていた。色を塗る用意もある。

「おなおが描くか？」

父が水を向けた。

「おねえちゃんも、かけるの？」

千吉はびっくりしたような顔つきになった。

「まだ修業を始めたばかりだから、下手《へた》だけどね」

おなおが笑みを浮かべた。

「でも、しくじったらかわいそうだから、おまえさんが描いておやりよ」

おそでが仁助に水を向けた。

「いや……」

一家のあるじは、少し間を置いてから答えた。

「うちでいちばん上手なのは、竹松だから」

仁助はいくらかあいまいな表情で言った。

それを聞いて、おちよと時吉は腑に落ちない顔つきになった。

「ちょいと冷えてきたな」

さっそく似面の支度をしながら、仁助が言った。

「では、燗をおつけいたしましょうか。松茸酒もできますが」

時吉が声をかけると、客は少し迷ってから、

「松茸で」

と答えた。

四季折々の酒がある。

春は桜酒。塩漬けにした桜の花を浮かべて、ほんのりと香りを移す。

夏は井戸水につけた冷酒がいい。何よりの暑気払いになる。冷やした梅酒もまた乙《おつ》なものだ。

そして、秋は松茸酒だ。

香ばしく焼いた松茸を酒に加えて、馥郁《ふくいく》たる香りを楽しみながら呑むとこたえられない。

冬は多士済々だ。

まず、鰭酒《ひれざけ》がある。焼いた河豚《ふぐ》の鰭に熱い酒を注いで香りとともに楽しむ。

骨酒もいい。使うのは魚の中骨でも身でもいい。按配よく焼いてから酒を注いでやると、なんとも通好《つう》みの味になる。

風邪を封じるには、梅干酒か生姜酒だ。体が芯からあたたまるし、風味も増す。

「お待ちどおさまです」

おちよが松茸酒を運んでいった。

酒は一人分だった。

仁助の分しかなかった。

「じゃあ、千ちゃん、そこに座って」

おなおが手で示した。

「うん」

わらべは畳の上にちょこんと座った。

「そういえば、似面を描いてもらうのは初めてね」

と、おちよ。

「たのしみ」

千吉は素直に答えた。

「竹松お兄ちゃんが、かわいく描いてくれるからね」

おなおが言うと、千吉は少し困ったような顔つきになった。

そして、首をかしげて言った。

「でも、おじさんしかいないよ」

いくらか間があった。

時吉もおちよも、どういうことかといぶかしんでいた。

「ここに、いるわ」

おそでがある物を指さした。

それは、一本の筆だった。

第五章 耳うどん鍋

一

「この筆は、せがれの竹松の形見なんです」

　仁助が言った。

「まだあの世へ行ってしまったことが信じられなくて、どこへ行くにもあの子の形見の筆を一緒に持ち歩いて、『竹松、竹松』と呼びかけてるんですよ」

　おそでが寂しそうに明かした。

「おとっつぁんが大事にふところに入れて歩いてるんです」

　おなおも和す。

　仁助、おそで、おなお。

品川から来た泊まり客の家族は、三人しかいなかった。

竹松と呼ばれていた者が生身《なまみ》の人間だったなら、当然のことながら四人という勘定になったはずだ。

竹松に訊いてみようかね、と言って、仁助は胸に手を軽く当てていた。

そのふところに竹松の形見の筆が入っていた。

「まあ、そうだったんですか」

おちよが気の毒そうに言ったとき、のれんが開き、見知った顔が入ってきた。

「あら、先生」

おちよが声をあげた。

「いらっしゃいまし、清斎先生」

厨から時吉も言った。

「ご無沙汰でしたね」

そう言って一枚板の席に座ったのは、医者の青葉清斎だった。皆川町《みながわちょう》に診療所を構え、患者から厚い信頼を受けている本道《ほんどう》（内科）の医者だ。のどか屋が三河町にあったころからの常連で、時吉にとっては薬膳の師に当たるから、もうずいぶん長い付き合いになる。

「おお、千吉ちゃん、ずいぶん大きくなったね」

医者が話しかけると、わらべは力強く、

「うん」

と、うなずいた。

「これからお客さんに似面を描いていただくところなんです」

おちよが告げる。

「ほう、似面を。それはよかったね。終わったら、足を診てあげよう」

つややかな総髪の医者は、柔和な笑みを浮かべた。

「料理はいかがいたしましょう。松茸飯がございますが」

「いいですね。今日は日本橋をはじめとしてほうぼうの薬種問屋を回ってきたので、いささか小腹が空いているのです」

「承知しました」

時吉がうなずいたとき、似面の支度が整った。

形見の筆になってしまった竹松のことをもう少し聞きたいところだが、まずは千吉の似面が終わってからだ。

仁助が筆を執ると、なにぶん初めてのことで、座敷にちょこんと座った千吉はずいぶん神妙な顔つきになった。

「もっと笑って」

おなおがおかしそうに言う。

「ほらほら、招き猫さんだよ」

おそでがのそのそ歩いてきたのどかをひょいとつかみ、前足をつかんで招き猫のまねをさせた。

人慣れしているのどかは、きょとんとした顔でなすがままになっている。わらべは笑顔になった。

一枚板の席には松茸飯と茶が出た。

「ご繁盛のようですね」

邪魔をしないようにいくらか声を落として、医者が言う。

「まあなんとかやっております。先生のほうも？」

「羽津《はつ》と二人で、どうにかやっていますよ」

清斎の妻の羽津は産科の医者だ。千吉も取り上げてもらった。あのときはおちよのお産が急だったのでずいぶん気をもんだものだが、幸いにも母子ともに無事だった。

清斎夫妻は命の恩人とも言える。

「羽津さんに取り上げていただいた子が、いつのまにかこんなに大きくなって」

おちよが座敷を指さした。

「月日が経つのは早いものですね」

清斎はそう言うと、松茸飯を口中に投じて笑みを浮かべた。

仁助の筆遣いは鮮やかだった。

顔かたちばかりではない。うしろの景色に細かな線をあしらい、笑顔の千吉が本当に風景の中にたたずんでいるかのような技を使っていた。

「あっ、のどか屋だ」

絵師の手元を見ていた千吉が声をあげた。

仁助が笑みを浮かべる。

千吉のうしろに、絵師はのどか屋ののれんを描いた。それでますます似面に奥行きが生まれた。

「仕上げに入るよ」

仁助はそう言うと、紅をわずかに溶き、わらべのほおと唇にさっと刷《は》くように塗った。

「はい、出来上がりよ」

おそでが千吉に渡した。

「ありがとう」

のどか屋の跡取り息子がうれしそうに受け取る。

「おっかさんに見せておいで」

おなおがうながすと、千吉は、

「おかあ、かいてもらったよ」

と、おちよのもとへ急いだ。

「これなら、診るまでもありませんね。足は大丈夫です」

千吉の足の運びを見ていた医者が太鼓判を捺《お》す。

「まあ、そっくり……」

似面をしげしげと見たおちよは、感に堪えたように言った。

「ほら、おまえさん。千吉がほんとにのどか屋の前に立って笑ってるみたい」

おちよは時吉に見せた。

「ほんとだな。いままでに見た似面と感じが違う」

時吉の顔に驚きの色が浮かんだ。

「蘭画《らんが》の心得がありますね？」

似面をのぞきこんでいた清斎が座敷のほうを向き、仁助にたずねた。

「はい」

絵師はうなずいた。

「実は……この描き方は死んだせがれに教わったんです」

父は寂しそうに言った。

「さあ、似面も描いていただいたし、千ちゃんはそろそろおねむの時ね」

場の雰囲気を察して、おちよが言った。

「これはよく描けてるから、表具屋さんに軸装してもらおう」

「そんな大層なことまでしなくたって、おまえさん」

「二階の部屋にいま掛かっている山水《さんすい》はちょっと暗いから、千吉の絵にしたほうが明るくなると思う」

その後もしばらくやり取りがあったが、結局、千吉の絵は客用の部屋に飾られることになった。

わらべがおちよとともに寝に行くと、のどか屋は急に静かになった。

第二幕が終わり、これから第三幕という按配だ。

ここで清斎の弟子がのれんをくぐってきた。

「ご苦労様」

清斎が労をねぎらう。

「『の』とかいてあるので、すぐ分かりました」

感じのいい若者が笑みを浮かべ、師の隣に座った。

聞くと、神田明神下《かんだみょうじんした》の内田屋《うちだや》で、一子相伝の火傷《やけど》の妙薬を仕入れてきたらしい。のどか屋の近くにも神救丸《しんきゅうがん》という薬の販売所がある。江戸の町のいたるところで名物の薬が売られていた。

ほどなく、おちよが戻ってきた。

座敷に新たな銚子が運ばれる。

「お料理はいかがいたしましょうか」

おちよが問うと、少し迷ってからおそでが答えた。

「里芋の料理はできましょうか」

「はい、入っておりますので」

と、時吉を見る。

料理人は厨でうなずいた。

「では、いろいろ頂戴できればと。あの子の好物だったもので」

おそではしんみりとした口調で言った。

二

「息子さんも、絵をお描きになっていたんですね？」

酒を注ぎながら、おちよが仁助にたずねた。

「はい。わたしは町の似面描きで終わってしまいましたが、できることなら、ひとかどの絵師になりたいものだと思っていました。その背中を見て育ったせがれの竹松は、早くから絵師の先生に弟子入りして腕を磨いておりました。ですが……さあ、これからというときに……」

仁助は言葉を切ると、猪口の酒をぐいと呑み干した。

「ほんに、早患《はやわずら》いで……」

おそでが目を伏せる。

「それは愁傷《しゆうしよう》なことでございます。おいくつだったのでしょうか」

一枚板の席から、清斎がたずねた。

「まだ、二十だったんです、お兄ちゃんは」

おなおが答えた。

しばらくは竹松の病の話になった。肺の具合が急に悪くなったので、家族が暮らす長屋に戻って養生していたのだが、ある日たくさんの血を吐いてからは起き上がることができず、そのまま空《むな》しくなったという話だった。

「あいつは、亡くなる前の日まで、絵筆を握ってました。まだだれも描いたことがない絵を描くんだ、描きたいものはたくさんある、と口癖のように言ってたんです。どんなにか無念だったろうと思うと、胸が張り裂けそうで、できることなら代わってやりたかった、と……」

仁助はそこでまた言葉に詰まった。

「いままで、若くして亡くなった患者さんをいろいろ見てまいりましたが、何とも言えない心持ちになりますね」

医者がしんみりと言う。

そこで最初の里芋の料理ができた。

里芋の柚子《ゆず》味噌がけだ。下味《したあじ》をつけずにゆでた里芋に、柚子のしぼり汁と味醂を加えて練った柚子味噌をかけていただく。ただそれだけの簡明なひと品だが、里芋の地の味と柚子味噌が響き合って実にうまい。

「ああ、おいしい」

おそでが感に堪えたように言った。

「ほっこりと煮えてます」

と、仁助。

「お兄ちゃんに食べさせたかった……」

「それは言わない約束だよ、おなお」

「うん」

場がまたいくらか湿っぽくなった。

「薬膳の理にかなった料理ですね」

一枚板の席で、清斎が言った。

「先生に教わったとおりにつくったものですから」

時吉は笑みを浮かべた。

「里芋は五味のうち辛味になるね。そうすると、何を補えばいいのかな？」

清斎は弟子にたずねた。

「柚子の酸味と、味噌の鹹味《かんみ》ですね？」

「そのとおり」

師は満足げに言って、また一つ里芋を口中に投じた。

穏やかな目をした聡明そうな弟子は、清斎から一字をもらい、清泉《せいせん》と名乗っていた。ゆくゆくは、医業はもとより、弟子を多く育てて世のためになりたいという志を持つ若者だ。

次は里芋の煮っころがしができた。これは味つけの醤油と、芋に合わせた隠元《いんげん》が味を補っている。

「耳うどん鍋をお持ちしました」

最後に、おちよが土鍋を座敷に運んでいった。

「耳うどんですか？」

仁助がいぶかしそうに問う。

「ええ。耳のかたちに平たくまとめた珍しいおうどんです。下野《しもつけ》の在所の料理だとか」

おちよが説明した。

あとは甲州名物のほうとうにならってつくった。油揚げに牛蒡《ごぼう》、甘みのある南瓜《かぼちゃ》、それに、亡き竹松の好物だったという里芋だ。

味は味噌仕立てにした。同じほうとうでも上州では醤油味がもっぱらで、葱を多く入れる。耳うどんの本場でも醤油味だと聞いたが、今日は味噌味だった。

「夜は冷えてきますから、温かいものがありがたいですね」

清斎が言った。

「耳うどんは初めていただきましたが、ほかの具と一緒にかむとおいしいです」

弟子の清泉がうなずく。

「かめばかむほど、身の養いにもなるからね」

清斎はいかにも医者らしいことを言った。

「もう一つ、取り皿をいただけますか」

箸を止め、ふと思いついたように仁助が言った。

「はい、ただいま」

おちよが素朴な笠間《かさま》の取り皿を渡した。一家のあるじは、黙って鍋の中身を取り分けた。

最後に一つ、里芋を加えると、絵師は畳の上にそっと置いた。

「食え」

と、ここにはいない息子に向かって言う。

「おまえの好物の里芋だよ」

おそでも優しい声で言った。

おなおは何も言わなかった。着物の袖を目に当てているばかりだった。

三

死者の膳も置かれている座敷で、おちよの酌を受けながら、仁助は竹松の話をぽつりぽつりと語りはじめた。

折にふれておそでとおなおが言葉を補い、時吉と清斎が問いを発する。そうしているうちに、未完に終わった若き画家の人生がくっきりと浮かびあがってきた。

父の跡を継ぐとともに、画家として立つという志を抱いた竹松が師事したのは、座《ざ》生右記《おうき》という異色の絵師だった。

元は微禄の武士で、暇が多いことを幸い、山水画を好んで描いていた。山水に行き詰まりを感じたとき、ふとしたきっかけで接した蘭画に強い衝撃を感じた。山水画ではうまく出せなかった、瞠目《どうもく》すべき奥行きが生まれていたのだ。

座生右記はその絵の作者を訪ね、教えを請うた。画家の名は小田野直武《おだのなおたけ》といった。

角館《かくのだて》藩士で幼少のころから画才を発揮していた直武は、ちょうど江戸に出ていた。

小田野直武を見いだしたのは、かの奇才、平賀源内《ひらがげんない》だった。銅山に赴く途次に角館に立ち寄った源内は、画才があるという青年に鏡餅を真上から見た図を描かせた。源内には西洋画の素養もあった。

直武は苦慮しながら描いたが、表されたのはただの円形にすぎないものだった。これでは盆か輪か分からないと指摘すると、源内は鏡餅の絵に巧みに線を描き足し、陰影をつけた。

直武は目を瞠《みは》った。陰影が付されることによって、にわかに絵に奥行きが生まれ、鏡餅のどっしりした感じがうつつのものとなっていたからだ。この刹那《せつな》、秋田蘭画が生まれたと言っても決して過言ではなかった。

自らも絵筆を執った秋田藩主の佐竹曙山《さたけしょざん》は、直武を銅山方産物取立役とし、源内に付けて江戸へ上らせた。こうして、直武は源内の謦咳《けいがい》に接しつつ、最新の画法を学んで藩主に伝えたのだった。

小田野直武の画才は『解体新書《かいたいしんしょ》』の扉絵などに遺憾なく発揮された。直武が江戸にいた期間は長くなく、のちに三十二歳の若さで謎の死を遂げたから、その人となりに接して影響を受けた画家はさほど多くない。

そのわずかな例外が、のちの司馬江漢《しばこうかん》であり、知られざる市隠《しいん》の画家、座生右記なのだった。

若き日に直武から洋画を学んだ座生右記は、その後刀を捨てて市井《しせい》の画家となった。名利を求めず、おのれが描きたい絵だけ描いていたから、暮らしぶりはいたって貧乏で、根岸《ねぎし》の庵《いおり》で近在の衆から差し入れをもらってどうにか生きながらえていた。

そんな世をすねた画家に弟子入りしたのが竹松だった。

父から画才を継いだ竹松は、草市に出ていた座生右記の絵に心を打たれた。どうあってもこの技を身につけたいと発心《ほっしん》した若き画家は、人嫌いの座生右記の庵に百度を踏んで、半ば押しかけるように弟子になった。

そして……。

「せがれは喜んでましてな」

仁助はそう言って、耳うどんを口中に運んだ。

「たまに帰るたびに、教わった絵をおとっつぁんに教えてたんです」

おなおがしみじみと言って、竹松のために置かれた取り皿に目をやった。

「これは親の欲目かもしれませんが、いずれはひとかどの絵描きになってくれるだろう、わたしの及びもつかないような高みにまで上りつめるだろう、と……そう信じていたんですが」

仁助は何とも言えない顔つきになった。

「おつらいことで……」

おちよは言葉に詰まった。

一枚板の席も静かだった。清斎も弟子も、酒ではなく茶をゆっくりと呑んでいる。鍋の中身はあらかたなくなった。

「お兄ちゃんが描いてくれたわたしの似面は、大事に取ってあります」

おなおが言った。

「形見だものね」

と、おちよ。

「ええ。その絵を見てるうちに、わたしもやってみたいと思うようになったんです」

「絵を？」

おちよの問いに、おなおはこくりとうなずいた。

「女だてらに絵描きだなんて、と思ったんですけど」

おそでが首をかしげた。

「こいつがどうしても竹松の跡を継ぎたいと言うもので、座生右記先生に弟子入りをお頼みできないかと、家族でこうして品川を出てきた次第で」

仁助がいきさつを明かした。

「小田野直武に絵を習ったのなら、すでにずいぶんとお齢《とし》を召しているのではないでしょうか」

物知りの医者が少し驚いたようにたずねた。

「はい。もう八十の坂を越えておられるという話です」

仁助が答えた。

「それはずいぶんと長命ですね」

弟子の清泉が言った。

「そんなお年寄りに弟子入りするのはどうかと案じられるんですが……」

母が娘を見た。

「もしお体がご不自由だったら、わたしがお世話をするつもりで、弟子入りを頼むつもりです」

おなおは引き締まった顔つきで言った。

「こいつは、ひとたび言い出したら聞きませんで」

仁助が苦笑いを浮かべた。

「とにかく、先生が駄目だと言ったらあきらめるのよ」

おそでが言ったが、おなおは首を縦に振らなかった。

「でも、お兄ちゃんだって、何度も足を運んでお弟子さんになったんだから」

「ま、あした行ってみるしかないな。……おまえはどう思う？」

湯気を立てなくなった取り皿の里芋に向かって、仁助は問うた。

「お兄ちゃんは加勢してくれるわ。……ねっ」

おなおはそう言うと、兄の里芋に箸を伸ばした。

第六章　彩《いろど》り焼き

一

「なるほど、兄さんの遺志を継ぐつもりなんだね」

隠居はそう言って、鰯《いわし》の卯《う》の花和《はなあ》えを口に運んだ。

翌日ののどか屋は、すでに二幕目に入っていた。一枚板の席には隠居の季川と、一日の仕事を終えた野菜の棒手振りの富八が陣取っている。

客の絵師の一家はまだ戻ってこない。おなおが首尾よく座生右記の弟子になれるかどうか、いまおちよと時吉がいきさつを話したところだ。

「弟子になったらなったで、親御さんも案じられるところかもしれませんけど」

おちよが軽く首をかしげた。

「親元を離れて修業をしても、すぐ銭になるかどうか分からねえしな」

富八も卯の花和えに箸を伸ばす。

小粋な肴だが、存外に手間がかかっていた。三枚におろして腹骨を取った鰯に塩を振り、ひと晩置いてから酢じめにしておく。

卯の花に酢と玉子の黄身と塩を加え、ぱらりとするまで木べらで炒《い》る。これが冷めたら鰯と合わせ、針柚子と鷹《たか》の爪を添えて和えれば出来上がりだ。

手間をかければ、ただの鰯がこんなにもさまざまな味を引き出してくれる。むろん、酒の肴にはうってつけのひと品だ。

「銭金の話じゃないだろうね」

やんわりとたしなめるように隠居が言った。

「まあ、言ってみれば、若くして亡くなった兄さんの敵討《かたきう》ちみたいなもんだ」

「ああ、なるほど」

富八も得心がいったような顔つきになった。

表のほうから、わらべ唄が聞こえる。

おそめとおけいが千吉を遊んでやっていた。

船大工衆と絵師の一家で二部屋埋まっているところへ、ばたばたと泊まり客が入り、すでに案内を終えた。今日ものどか屋は千客万来だ。

おそめといえば、兄の鶴松が妙なことを言っていたらしい。おそめの口からそれを聞かされたおちよは、ちょっと変な心持ちになった。何かの思い過ごしかもしれないが、気にならないでもなかったから、時吉の耳には入れておいた。

「はい、お待ち」

時吉は次の肴を出した。

松茸と小茄子の辛子和えだ。

焼いてから手で裂いた松茸は、そのまま醬油をかけて食しても、むろんのことうまい。しかし、この小鉢では、四つ割りにして醬油で下味をつけた小茄子と合わせてみた。

茄子は塩で下味をつければ紺が映えるが、ここでは色より味のほうを採った。さらに辛子を加えると、松茸の風味がさらに引き立つ。

「うまいね」

隠居が笑みを浮かべた。

「おいらの茄子が喜んでまさ」

野菜の棒手振りも和す。

そのとき、表で人の気配がした。

おそめと立ち話をしている声で分かった。美濃屋《みのや》という浅草の小間物問屋の手代で、多助という若者だった。先の大火でともに親を亡くし、その慰霊の集まりで知り合った。それ以来、折にふれてのどか屋ののれんをくぐってくれる。

「毎度、お世話になっております」

あきない用の箱を背負った多助は、顔を見せるなり腰を低くしてあいさつした。

「まあ、多助さん。手ぬぐいもなかなかの評判よ」

おちよが言った。

「ありがたく存じます。何でもやらせていただきますので」

多助は感じのいい受け答えをした。

旅籠の元締めの信兵衛に小間物屋の知り合いがいるため、はじめのうちのどか屋の旅籠のほうの備品はそちらに頼んでいたのだが、このところは美濃屋の品が増えてきた。

縁ができたおそめと多助の仲は、はた目から見ていてもほほえましくなるほどだ。多助の年季が明けたら、おそらくともに暮らすことになるだろう。あるいは、新たに小間物屋を開くことになるかもしれない。手ぬぐいなどを頼むのは、若い二人の前祝いのようなものだった。

「多助さん、おなかがすいてるそうですよ」

早くも半ば女房のような顔で、おそめが言った。

「今日はずっとあきないで出歩いていたもので」

多助が頭をかいた。

「かせいでるじゃねえか。ま、座んなよ」

富八が手招きをする。

「昼の膳の菜飯と味噌汁が余ってますが、それでいいでしょうか？」

時吉が問うた。

「へい、いただきます。ありがたいことで」

心底、腹が減っていたらしい。多助がずいぶんと弾んだ声で答えたから、のどか屋に和気が満ちた。

菜飯にもいろいろあるが、今日は風味のいい青紫蘇《あおじそ》を使った。

青紫蘇を細く切り、水にさらしてあくを抜く。四半時足らずつけるだけで、ほどよく抜ける。

飯は塩と酒を足して普通に炊く。そこで水気をよく絞った青紫蘇をまぜこめば出来上がりだ。

まぜると言っても、むやみにこねてはいけない。寿司飯をつくるときと同じく、杓《しゃ》文字《もじ》で切るようにすれば、粘り気が出ずぱらりとした仕上がりになる。

「ああ……これはほっとする味ですね」

多助が言った。

世辞ではないことは、顔つきを見ればすぐさま分かる。

「味噌汁もうまいよ」

隠居がすすめた。

昼膳の味噌汁の具は、里芋と平茸だった。赤味噌のほうを多くした「赤がち」でこっくりと呑ませる。里山の恵みが心にしみる味だった。

「どうだい？」

半ばほど多助が呑んだとき、富八がたずねた。

「この味噌汁だけでも、毎日のどか屋さんに通いたいくらいです」

多助はそう言って、ちらりとおそめのほうを見た。

「そのうち、つくり方を教わるから」

女房になるつもりの娘がそう言ったから、また少しのどか屋にふわりとしたいい風が吹いた。

二

ほどなく戻ってきたのは、絵師の家族ではなかった。相州から来た船大工衆だった。

「おっ、酒と肴をどんどん持ってきてくんな」

かしらの善造が言った。

「はい、承知しました。……おや、お一人足りないようですが」

おちよがすぐさま気づいて言った。

かしらを含めて船大工衆は五人いたはずだが、いまは四人しかいない。

「おう、一人はつとめに出したんだ。物見遊山で来てるわけじゃねえからな」

と、かしら。

「それはそれは、ご苦労様でございます」

おちよは頭を下げた。

「つとめは、どちらへ？」

隠居が気軽にたずねる。

「あいつはちょいと……上野《こうづけ》のほうへ」

弟子の一人がにやりと笑って答える。

「ほう、そりゃ遠方だね」

「あっちのほうでも船をつくるんですかい？」

いくらか意外そうに、富八が問うた。

「そりゃあ……海はねえけど、川はあるからよ」

「ああ、なるほど」

野菜の棒手振りはうなずいた。

かしらの善造は、どこか気に障《さわ》ったのか、いま口を開いた若い衆ににらみを利かせた。若い衆は細い疫病本多《えきびょうほんだ》に結った髷に手をやった。

酒が行きわたり、初めの肴ができた。

おそめもときどき酌をしたりするようになったのだが、おちよがまなざしで「今日はしなくていいわよ」と伝えた。多助に悋気《りんき》でも起こされたら困る。

その多助は、まだまだ回るところがあるらしい。時吉がつくっている料理にうしろ髪を引かれながらも一枚板の席を立った。

「なら、今日はこれで失礼します」

小間物問屋の手代は、あきないの箱を背負ったまま礼をした。

「ああ、ご苦労だね」

隠居が笑う。

「気張っておくれよ」

富八も声をかけた。

「毎度ありがたく存じます」

「いつでも寄ってください」

「はい。またおいしいものをいただきに来ます。小間物のほうも、何かありましたらよしなに」

のどか屋の二人に向かって、多助は如才なく言った。

「気をつけてね、多助さん」

おそめが見送る。

あとでおちよが「切り火でもしそうな感じだったわ」と言ったら、娘はぽおっとほおを染めた。

そのあいだ、座敷の客は肴をつつきながら小声で何やら話していた。

時吉がまず供したのは、彩り焼きだった。

車海老《くるまえび》の頭と背わたを抜き、殻《から》をむいてからぶつ切りにする。葱は青いところをもっぱら使う。こちらは小口切りだ。

玉子を溶き、酒だしと醤油を加えてよくまぜておく。酒だしはその名のとおり、酒を元にしただしだ。もっとも、すべて酒だと濃すぎるため、同じ量の水で割ってやる。

これを沸かし、昆布と鰹節を入れてだしを引く。型どおりの引き方だが、酒だしのときは鰹節を多めにする。

酒は辛口のすっきりしたものがいい。のどか屋にはいい下《くだ》り酒が入る。池田《いけだ》の生一本《きいっぽん》は酒だしにうってつけだ。

あとは焼きだ。ふんわりと焼きあがると、海老の赤、玉子の黄色、葱の青が響き合って、実に美しい景色になる。

「こりゃあ、彩りだな」

かしらの善造が箸でつまんで言った。

「小判に見えますぜ、かしら」

「きれいな小判だ」

若い衆がさえずる。

「食ってもうめえぞ」

「この付け合わせの味噌がまたいいじゃねえか」

善造はそう言って、味噌を玉子の彩り焼きに少しつけて口中に投じた。

「ほんに、口福だね。この味噌だけでも肴になるよ」

隠居が満足げに言って、猪口に手を伸ばした。

味醂と酒でのばした練り味噌には、炒った胡桃《くるみ》や牛蒡や人参の端などが入っている。これを玉子焼きにつければ、ただでさえ海老と葱で幅が出ている味にさらに奥行きが生まれる。

「ここでも野菜がいい脇をつとめてら」

富八はなおもそこにこだわった。

そのとき、表でおけいに遊んでもらっていた千吉が入ってきた。

わらべはだしぬけにこう告げた。

「また、こまものやさんが、きたよ」

それを聞いて、酌をしていたおそめが顔を上げた。多助が何か忘れ物でもしたのかと思ったのだ。

だが、のれんをくぐってきたのは若者ではなかった。

幽霊同心の万年平之助だった。

三

「ちょいと小間物屋にしては押し出しが良すぎますな」

隠居が忌憚《きたん》なく言った。

「さっきまでいた多助と並んだら分かりまさ」

富八も和す。

「どう分かるんだい」

一枚板の席に腰を下ろした万年同心が問う。

「本物とは腰の低さが違いまさ。多助の箱の中には役に立つ小間物がいろいろ入ってるでしょうが、旦那の箱には飛び道具でも入っていそうで」

野菜の棒手振りがうまいことを言ったから、のどか屋に笑いが響いた。

「千ちゃん、おてつだいする」

おんもの遊びに飽きたのか、千吉が厨に入ってきた。

「あんたもお手伝い？」

おちよが猫のゆきに声をかけた。

「おまえは食い意地が張ってるだけだからな」

時吉はそう言って、白猫の首をひょいとつかんで土間のほうへ戻した。

「よし、じゃあ、松茸を手で裂いてくれ」

時吉が声をかけると、千吉は元気よく、

「うん」

と答えた。

汚れを取って、傘のところに包丁目を入れれば、あとは手で縦に裂いていく。

「しっかりやんな。おいちゃんが食ってやるから」

万年同心が言った。

座敷には里芋と蒟蒻《こんにゃく》の煮物が出た。かみ味の違いも楽しめるひと品だ。

「こう？　おとう」

千吉の手つきは、まだおぼつかなかった。

「もっと、がっ、と裂くんだ。貸してみな」

時吉は手本を見せた。
二、三度やると、だいぶさまになってきた。
「おう、筋がいいな。さすがは料理屋の跡取りだ」

幽霊同心はそう言って、湯呑みを口にやった。つとめの途中だから酒は呑まない。

「これでよし。次は牛蒡のくるくるをやってくれ」

「うん」

牛蒡をくるくる回しながら、皮をこそぎ取っていく。初めにやったときはどこで終わっていいか分からずにべそをかいていた千吉だが、手は遅いながらもだいぶできるようになってきた。

時吉は松茸に塩をした。盆ざるに広げ、はらりと振る。強すぎても、弱すぎてもいけない。松茸の味を引き立てるための塩加減にするためには年季が要る。

「なら、そろそろ引きあげるか」

「そうすね、かしら。また朝が早《はえ》えし」

船大工衆がばたばたと動きだした。

「これから松茸を焼くところですが」

おちよが意外そうに言う。

「悪いな。おれら、松茸は食い飽きてるんだ。おっ、呑んだら行くぜ」

善造は若い衆を急かせた。

「承知」

「ああ、食った食った」

たいして食べてもいないのに、若い船大工は腹に手をやった。

「相州は松茸がたくさん採れるんでしょうか」

船大工衆があわただしく出て行ったあと、おけいが首をかしげた。

「どうだろうかねえ。山のほうへ行けば、産地もあるのかねえ」

と、隠居。

「京へ行きゃあ、松茸市があるって聞きましたよ」

富八が言う。

「丹波も松茸の産地だな。……お、いい香りがしてきたぞ」

万年同心が鼻をひくひくさせた。

ほどなく、松茸が香ばしく焼きあがった。

「はい、お待ち。こちらにつけてお召し上がりください」

あつあつの松茸とともに、時吉はたれの入った小鉢を差し出した。

柚子のしぼり汁に、醬油とのどか屋の命のたれとだしを加えた、風味豊かなつけ汁だ。

「うめえ」

ひと口食すなり、幽霊同心がうなった。

「安東様なら、味醂をたっぷり入れたつけ汁にするんですが」

と、時吉。

「あの旦那は、舌が馬鹿だからな」

「はっきり言いますね」

隠居が笑みを浮かべた。

「隠し味ならともかく、味醂をどばどば入れたら、せっかくの醤油も柚子も台なしになっちまう」

その言葉を聞いて、時吉とおちよは顔を見合わせた。

甘ければ甘いほど喜ぶ上役の安東満三郎とは違って、万年平之助は細かい味の違いが分かるようだ。下手な料理を出すわけにはいかない。

「ああ、ほんとにうめえや」

富八が感に堪えたように言った。

「こんなにうめえもんを食わねえで部屋に戻っちまうとは、ほんとに日頃から食いつけて飽きてるのかねえ」

野菜の棒手振りは首をひねった。

四

「またね、ちのちゃん」

ごろんと転がった茶白の猫のおなかをなでていたおそめが言った。

これからおけいとともに帰るところだ。べつの旅籠で働いているおしんとともに、今日の話をしながら長屋へ戻っていく。

「また、あした」

千吉が手を振る。

「またね、千ちゃん」

「おやすみ」

まだ日のあるうちに、女たちは帰っていった。

朝が早い野菜の棒手振りの富八も去った。その前に、小間物屋に扮した万年同心もつとめに戻っていった。一枚板の席は季川だけになった。

のどか屋の軒行灯に火が入る。行灯に「の」が浮かびあがると、あたりにほっこりとした雰囲気が漂った。

秋燈《あきあかし》「の」の仄見《ほのみ》ゆるうれしさよ

隠居の最近の発句《ほっく》だ。

千吉はそろそろ寝る時分になった。

「くるくるしたの、できる？」

わらべは父にたずねた。

言葉が足りないが、皮をくるくるむいた牛蒡を使った料理をつくるのか、と訊いているらしい。

「ああ、つくるぞ。これからいらっしゃるお客さんに出すからな」

時吉がそう答えると、千吉は弾けるような笑顔になった。

千吉がおちよとともに寝に行ったあと、元締めの信兵衛がふらりと姿を現した。

「そろそろ帰ろうかと思ったんだがね」

隠居が苦笑いを浮かべた。

「まだいいじゃないですか、ご隠居」

信兵衛も笑う。

牛蒡の料理のうち、まずはきんぴらを出した。合わせたのは人参とさつま揚げだ。魚の身と山芋をよくすり合わせて揚げるさつま揚げは、あつあつを生姜醤油で食べると、ほおが落ちるほどうまい。

冷えたものは煮物に入れると生き返るし、細切りにしてきんぴらにしてもいい。細かく刻んでまかないの炒め飯に入れると味に深みが増すし、千吉のおやつにもなる。なにかと重宝だ。

「遅いわねえ、おなおちゃんたち」

千吉を寝かせて戻ってきたおちよが言った。

「根岸《ねぎし》だから、だいぶ時がかかってるんだろう」

次の肴をつくりながら、時吉が答えた。

「ここのお客さんかい?」

元締めが問う。

「ええ。品川から見えた絵師のご家族なんですが、今日は大事な用で根岸へ行ってるんです」

「大事な用と言うと?」

昨日はいなかった隠居がたずねた。

時吉とおちよは、かいつまんでいきさつを話した。

そのあいだに、かき揚げが出た。千吉が皮をむいた牛蒡がふんだんに入った、歯ごたえのあるかき揚げだ。じっくりと形を整え、富士を彷彿《ほうふつ》させる盛り上がりにする。これをさくりと崩しながらいただく。

なかなか麺打ちまでは手が回らないが、うどんや蕎麦に添えるといい。汁が濁るから、かき揚げは別皿だ。食べる分だけ箸で崩しながら丼に投じていく。

「どうだろうかねえ。娘さんを年寄りの弟子にするのは、親御さんも心配でしょうに」

信兵衛が首をひねった。

「亡くなった兄さんの跡を継ぐんだから、それはそれでいいんじゃないのかね」

隠居がそう言って腕組みをしたとき、外で人の気配がした。

ほどなく、絵師が姿を現した。おそでとおなおもいる。

「お帰りなさいまし」

おちよが声をかけた。

おなおの弟子入りがどうなったか、家族の表情を見ると察しがついた。

どの顔にも、いくらか陰があった。

五

「そうですか。もう弟子は取らないと」

仁助に酌をしながら、おちよが言った。

「こいつはだいぶ粘ったんですが、先生は首を横に振るばかりで」

「しょうがないわね」

おそでがおなおに言ったが、娘は何とも言えない顔つきをしていた。母と違って、あきらめきれない様子だった。

「まあ、これを召し上がってくださいまし」

時吉は揚げたてのかき揚げを差し出した。

すでに里芋と蒟蒻の煮物が出ている。仁助はまた、小さな取り皿に一つ里芋を置いた。亡き竹松の好物だ。ふしぎなもので、その皿があるだけで見えない人が座っているかのように感じられる。

「先生はどんな感じのお人だったんです？」

座敷のほうを向いて、隠居がたずねた。

「もう八十を過ぎていて、足はだいぶ弱っていました。ですが、目にはたしかな光があって、言葉もしっかりされてました。ただ……」

仁助はいったん言葉を切った。

「ただ？」

隠居が先をうながす。

「ちょっと……いや、だいぶ世をすねているところがあって、『おれみたいな名もねえ絵描きじゃなくて、弟子になるならよそへ行け。おれは疫病神だから』と愚痴ばかりこぼされていました」

「竹松が若死にしたのも、『おれの弟子になんかなったからだ』と言ってました」

おそでもあいまいな顔つきで言った。

「でも、まだ筆を執ってらっしゃって、描きかけの絵は、それはそれは素晴らしいものでした」

おなおはそう言って、おちよが運んできたかき揚げに箸を伸ばした。

「八十を越えて、まだ絵を描いてるんですか」

元締めが驚いたように言った。

「そうなんです。『こんな絵、だれも観やしねえ』と言いながらも、毎日、絵筆を動かしておられるようです。世に知られない大才だと思うのですが、座生右記先生のお世話をしている人の話によれば、絵のあきないをする者と喧嘩をしたせいで売れなくなってしまったのだとか」

似面を描く絵師は痛ましそうに語った。

「なるほど。絵はおのれで売り歩くわけじゃないからね」

と、隠居。

「気に入らない絵は売りたがらないたちで、若いころから暮らしぶりは苦しかったとか。近くの金杉《かなすぎ》村のお百姓さんたちから甘薯芋などの施しを受けて、なんとか暮らしているようです」

「画材などはどうしているんでしょう」

元締めが問うた。

「ごく少数ながらも、座生右記先生の絵の愛好家はいるようで、そちらのほうも施しを受けているのだとか」

仁助は答えた。

そこで、座敷の分の彩り焼きができた。おちよが運ぶ。

「まあ、食え」

父が肩を落としている娘にすすめた。

「で、おなおちゃんはあきらめるの？」

機を見ておちよがたずねると、おなおはすぐさま首を横に振った。

「お兄ちゃんと約束したから」

おなおは里芋を指さした。

「亡くなった竹松さんと？」

「ええ。お兄ちゃんが夢枕に立ったんです。おれの絵筆を継いでくれ、って。まだ描きたいものがたくさんあった、って。先生から学ぶこともあった、と……」

おなおの声がふるえた。

「そう……」

おちよの声も詰まる。

「その話、座生右記先生にはしたのかい？」

隠居が優しい声でたずねた。

「いえ……すっかりかたくなってしまって」

「そうだな。そういう話をしたほうが良かったかもしれないな」

仁助はいくぶん悔いるような顔つきになった。

「なら、もう一度、足を運んでみたらどうかね、おまえさん」

おそでが水を向けた。

「うーん……また来たのかと言われそうだが」

「わたし、何度でも足を運ぶから。先生のお世話をするから」

おなおが訴えるように言った。

「物事は粘りが肝心だからね。いまのお兄ちゃんの話をしたら、先生も情を動かされるかもしれないよ」

信兵衛が温顔を見せる。

「世をすねている人というのは、存外に情があったりあるものなんだよ。情があるからこそ、世渡りが下手で、妙に傷ついたりするんだな」

季川が俳諧師らしい見方を示した。

「本当は寂しくて人恋しいのに、あえて邪慳《じゃけん》にしたりするわけですね」

おちよがうなずく。

「それに、弟子入りを望んでるのはかわいい娘さんだ。照れが入ってもおかしくないと思うよ」

と、信兵衛。

「すると、まだ脈はあると？」

仁助が身を乗り出してきた。

「あるんじゃないのかねえ。時さんはどう思う？」

隠居は時吉にたずねた。

「あると思います」

時吉は即座に答え、似面描きのほうを見た。

「さきほど仁助さんは、座生右記先生は甘薯芋などの施しを受けてらっしゃると言いましたね」

「ええ。甘薯が大の好物で、白い飯よりお好きだとか」

その答えを聞いて、時吉は大きくうなずいた。

「何か考えがありそうね、おまえさん」

おちよが笑みを浮かべる。

「あした、また根岸へ行かれるのでしたら、わたしもお供しましょう」

時吉は座敷に向かって言った。

「えっ、のどか屋さんもですか？」

「見世はどうされるんで」

夫婦が訊いた。

「ちよは料理人の娘なので、厨は任せられます」

その言葉を聞いて、おちよは二の腕を一つぽんとたたいた。

「だったら、あしたはおしんちゃんを初めからのどか屋番にすればいいよ。わたしから言っておこう」

元締めが言った。

こうして、段取りがばたばたと決まった。

「なら、あしたは甘藷づくしだ。その料理を手土産に、あらためて先生のもとをたずねることにしましょう」

「ありがたく存じます。そこまでしていただいて」

おそでが頭を下げた。

「本当に申し訳ないかぎりで」

仁助も恐縮する。

「いえいえ、あのあたりからも野菜を仕入れているので、そのうち行かねばと思っていたんです」

時吉は笑顔で答えた。

おなおのひざに、人見知りをしないのどかがひょいと飛び乗った。

「がんばろうね」

娘がそう言って首筋をなでてやると、猫はのどを鳴らしはじめた。

「これ、おまえが乗ってると、おなおちゃんが彩り焼きを食べられないわよ」

おちよがのどかに言う。

「いいんです、おかみさん」

おなおはそう言うと、箸を口ではなく、べつのところへ動かした。

里芋が載っている取り皿だ。

おなおは兄の皿に彩り焼きを置いた。

そして、何度か続けざまに瞬きをした。

海老の赤と、玉子の黄色と、葱の青。

どの色も、まるで絵の具のように鮮やかだった。

第七章　甘藷五色芋

一

翌《あく》る日の朝膳と昼膳には甘藷粥を出した。

棒手振りの富八の助力を得て、座生右記の好物だという甘藷を多めに仕入れると、まずは素朴な粥をつくった。

甘藷の甘みを、微妙な塩加減がさらに引き出す。思わずほっこりとする味だ。

「おとう、これおいしい」

千吉もいたく気に入った様子だった。

「江戸の食い納めにちょうどいいぜ」

「これから、相州まで帰んなきゃいけねえから」

朝膳を食べながら、船大工衆が言った。

「相州までは結構歩くからな。精をつけておかねえと」

「のどか屋の朝膳を食ったら、江戸から相州までなんかひとっ飛びさ」

「おめえは天狗《てんぐ》かよ」

相州へ帰るということをくどいくらいに繰り返して、船大工衆は出立していった。

その後も、時吉は大車輪で甘薯料理をつくった。

老齢の絵師への使い物にする料理だ。のどか屋の客に供する肴とは違う。食べてうまいのはもちろんだが、見栄えがして心の戸が思わず開くような料理がいい。

折にふれて書物を繙《ひもと》く時吉の書架には『甘薯百珍《ひゃくちん》』が置かれていた。『豆腐百珍』の二番煎じ、三番煎じで、雨後の筍《たけのこ》のごとくに上梓《じょうし》された「百珍もの」の一冊だ。

この書物から学んだことを、老絵師への使い物に活かすことにした。

まずは、珍しい蒲鉾《かまぼこ》芋だ。

生の甘薯をおろし、汁気をしぼってうどん粉と合わせる。これを半月なりに板へ塗り付けて蒸すところまでは蒲鉾と同じだ。

これだけでは味が足りないし、彩りにも乏しいから、青海苔をまぶす。これを小口から切り、醬油につけて食すと酒の肴にいい。

あとで仁助に聞いたところ、座生右記は酒を呑むが、実入りに恵まれないため、金杉村の百姓がつくる濁酒《どぶろく》のおすそ分けで我慢しているという話だった。

甘い物も好むことは死んだ竹松から聞いていたから、大門《だいもん》の老舗、風月堂音吉《ふうげつどうおときち》の菓子を手土産にしたのだが、酒も持って行けばよかったといささか悔いていた。

のどか屋の酒は、南茅場町《みなみかやばちょう》の鴻池屋《こうのいけや》という問屋から仕入れている。池田や伏見《ふしみ》、それに灘《なだ》といった筋のいい下り酒をおろしてくれるから重宝だ。

このあいだは、あるじが手代をつれてのれんをくぐってくれた。

「こういったおいしい肴とともにうちのお酒を出していただけると、問屋冥利《みょうり》に尽きます」

腰の低いあるじは、感に堪えたようにそう言ってくれた。

その下り酒を一本、再度の弟子入り願いの手土産に加えることにした。

さて、甘藷料理の続きだ。

海苔《のり》巻き芋も、なかなかに小粋な料理だった。甘藷芋をそのまま蒸して皮をむき、味噌をこすようにかためにこす。

浅草海苔を広げ、その上に厚さのむらがないように延ばしていく。これをくるくると海苔巻きの要領で巻いていき、小口から切ってやると、目にも鮮やかで食してもうまいひと品になる。

「すごい、おとう」

千吉が喜んだ。

「まだまだつくるぞ。もっときれいなものをつくってやろう」

「もっときれいなもの？」

わらべの目が丸くなる。

「そうだ。見てな」

時吉は次の料理をつくりだした。

丸ごと蒸して皮をむき、かためにこすところまでは海苔巻き芋と同じだ。甘薯は読んで字のごとくに甘味がある。その素《す》の味を活かすだけでいい。

次の料理の眼目は、味ではなく彩りだった。

使い物の相手は絵師だ。彩り豊かな料理で、少しでも心を開いてもらえればという思いだった。

甘薯の五色芋はこうつくる。

まず、赤は紅藍《かたべに》を用いる。食べられる紅を指でよくまぜれば、きれいな色に仕上がる。

青も青粉を使えばたやすくできる。彩りも鮮やかだ。

紅と青をまぜれば紫をつくることができる。これでもうひと色が増える。釜の底の煤《すす》を用いて黒をつくることもできるが、味があまり芳《かんば》しくないから時吉は紫のほうを採った。

黄色は梔子《くちなし》を刻み、水に浸しておく。その汁を使えば、きれいな黄色に染まる。鬱《う》金《こん》でも黄色くなるが、味がまずくなるので、ここはどうあっても梔子だ。

最後に、白は藷精《いものじん》というもので出す。

生の芋をおろし、水に入れてこす。よく振りながらこすと、底のほうに白い精のごときものがたまっていく。

水をいくたびも換え、精製したものは天日《てんぴ》で乾かす。こうしてできあがった白い粉は、葛《くず》の代わりに使うことができる。

「吉野葛上品に勝れり」

『甘藷百珍』の著者はそう太鼓判を捺《お》していた。

こうして、甘藷五色芋ができあがった。

「うわあ、びっくりするほどきれいですね」

今日はのどか屋に詰めているおしんが驚いたように言った。

「千ちゃん、たべる」

わらべが手を伸ばそうとする。

「駄目よ。これはお使い物だから」

あわてておちよがたしなめた。

「おまえには、みたらし芋をつくってやろう。昼膳にも添えるからな」

時吉が言うと、千吉はやや不承不承にうなずいた。

みたらし芋は団子と同じ按配でつくる。おろしてうどん粉をまぜ、金柑《きんかん》の大きさにきれいに丸める。こういう手わざはおちよが得意だ。

「おかあ、じょうず」

「ありがとう、千吉」

「ほんとに同じ大きさになってますね、おかみさん」

おそめがうなったほど、芋の玉はきれいにそろっていた。

これを蒸しあげ、一串に五つずつ刺し、砂糖醤油でつけ焼きにする。

「みたらしは団子もいいけど、芋でもうめえんだな」

「いい日に来たぜ」

昼膳を目当てに来た客の顔が思わずほころぶ。

「おいしい」

千吉も満面の笑みになった。

甘いものも好む座生右記のために、とどめを刺すように芋金団《きんとん》をつくった。秋がもう少し深まれば栗金団にもできたのだが、これだけでも甘くてうまい。

こうして、支度がすべて整った。

「なら、あとを頼む」

時吉はおちよに言った。

「あいよ」

茜の襷《たすき》をかけわたしたおちよが軽く右手を挙げた。

「ご迷惑をおかけします」

仁助が頭を下げる。

そのかたわらで、おそでとおなおはいくぶんかたい顔つきをしていた。

「気を楽にね、おなおちゃん。うちの人もついてるから」

おちよが声をかけると、老絵師に弟子入りを望む娘は、わずかに笑みを浮かべてふっと一つ息をついた。

二

横山町ののどか屋を出た一行は、神田川に添った柳原《やなぎわら》通をまず西に進んだ。筋違《すじかい》御門から神田川を渡り、ほどなく下谷御成《したやおなり》街道を北に向かう。将軍が上野の霊廟《おたまや》へ参る際に必ず通る道だが、存外に幅は狭かった。

「冬は北風が吹いて難儀するんですが、いまごろは楽ですね」

女たちの足に合わせて歩を進めながら、時吉が言った。

「二度目なので、いくらかは近く感じられます」

仁助が答える。

「この道を通ればあの子のところへ行けるって、切絵図を見ながら話をしてたわね」

おそでがそう言ってため息をついた。

「そうね……お兄ちゃんもこの道をいくたびも通ったんだ」

おなおはしみじみと言った。

繁華な下谷広小路に出て、高札場の前を右手へ進み、上野山下から根岸に向かう。

帰りは日が落ちるかもしれないから、時吉は提灯の用意をしてきた。

浅草の長吉屋で休むことも考えのうちに入れてあった。また弟子入りを断られたら、おなおをなぐさめなければならない。

寛永寺《かんえいじ》をぐるりと回るようにして、車坂《くるまざか》から根岸の里を目指した。

安楽寺《あんらくじ》を過ぎると、行く手に畑が広がった。

「もう少しです」

仁助が行く手を指さした。

「前にも来たことがあります。いい野菜が採れるので」

時吉は答えた。

ほどなく、木橋を渡った。

「なんだか、胸が……」

おなおが顔をしかめた。

「大丈夫よ。のどか屋さんもついてるんだから」

母がそう言ってなだめた。

「おや、あれは……」

仁吉が前方を指さした。

向こうも気づいた。

「おう」

と、片手を挙げる。

「また、先生んとこへ行きなさるんか」

よく日焼けした農夫がたずねた。

「はい。助っ人に来ていただいて、もう一度お願いをしようと」

仁助が時吉を手で示した。

「横山町で、のどか屋という旅籠付きの小料理屋をやらせてもらっています。このあたりからも野菜を仕入れさせていただいています」

時吉は如才なく言った。

むかしはもっと口が重かったのだが、おちよの客あしらいに接しているうちにだんだん口が回るようになってきた。

「旅籠付きの小料理屋ですかい」

農夫はいぶかしげな顔つきになった。

「ええ。小料理屋がついた旅籠は、ひょっとしたら探せばどこかにあるかもしれませんが、旅籠付きの小料理屋は江戸でもうちだけでしょう」

料理人は胸を張った。

「へえ、いろんなあきないがあるものだねえ」

「それはそうと、松次《まつじ》さん、これから先生のところへ？」

仁助が問うた。

「かかあがつくった浸し物を届けにな」

松次と呼ばれた気の良さそうな男が白い歯を見せた。

「だったら、ちょうどいい。一緒に行きましょう」

そんな按配で、一行は絵師の家へ向かった。

おなおはもう肚《はら》をくくったようだった。帯に差したものに手をやり、引き締まった顔つきで座生右記の家へ歩んでいく。

おなおが大事に持ってきたもの——それは、亡き兄の形見の絵筆だった。

三

また来たのか……。

はじめのうち、老絵師はそんな顔つきをしていた。

だが、時吉が土産に持ってきた酒と、五色芋などの甘薯づくしの料理に接すると、ほんの少しずつではあるがかたくなさが取れてきた。

「こんなうめえ酒を呑むのは、久方ぶりだな」

世をすねているという評判の絵師は、唇をわずかにゆがめて笑った。

長い白髪だが、八十の坂を越しているだけあって、うしろのほうはだいぶまばらだ。幾筋ものしわが刻まれた額には、しみも多かった。

足がうまく動かせないらしく、壁際には杖がいくつも並んでいる。厠《かわや》へ行く際に、立ち上がるときや前へ進むときに杖を持ち替えなければならないから、なかなかに大儀そうに見えた。

それでも、座生右記の目には光があった。頭もいささかもぼけてはいないことは、少し話をするだけで分かった。声こそしゃがれているが、吐き出される言葉はしっかりしていた。

「五色芋とは、考えたな」

老絵師はそう言って、骨張った指で黄色の玉をつまんだ。

老齢と言っても、座生右記は決して隠棲しているわけではなかった。まぎれもない絵師の指だ。

八畳ほどの部屋には描きかけの絵があった。軸の古い筆がとりどりに置かれ、顔料の臭いが漂っている。荏胡麻の実から採った油を煮立てるための道具や、乾燥剤の密《みつ》陀僧《だそう》を入れる缶などもある。そういった材料を用いて絵の具をつくるところから、老絵師はいまだに一人で行っているらしい。

「甘薯がお好きとうかがったもので、のどか屋さんにつくっていただきました」

仁助がまだ堅い表情で告げた。

そのうしろで、おなおとおそでがひざに手を置いてじっとかしこまっている。

「甘薯芋も、手のかけ方一つでうめえ料理になるもんだ」

「彩り豊かに仕上げても、先生の絵のようにのちの世には残りませんが」

時吉は言った。

「おれの絵だって、残るもんか」

座生右記は顔をしかめた。

「馬齢を重ねて、いつのまにか八十を越えちまった。六十くらいのころは、そろそろあの世からお迎えが来るかと思ってたのによう。あんまり待たせすぎたせいか、このごろはとんと音沙汰もなくなっちまった。この世ばかりじゃなく、あの世からも忘れられちまったんだ」

老絵師はそう言うと、時吉が注《つ》いだ湯呑みの酒をくいと呑み干した。

「でも、先生のお作は、なおの目には輝いて見えます」

おなおが意を決したように口を開いた。

「そりゃあ、まだ目が肥えてねえからだ。おまえさんは、小田野直武先生の絵を観たことがあるかい？」

座生右記はたずねた。

「いえ、残念ながら、まだ。兄の竹松からは、小田野先生の絵のすばらしさを聞いておりましたが」

「竹松は惜しいことをしたな。おれの寿命をやりてえくらいだったよ」

絵師の口調が少し穏やかになった。

「竹松さんという絵は完成しなかったわけですね」

時吉が絵になぞらえて言った。

「そうだ。もし全部に色が塗られてたなら、おれなんかよりずっと上へ行けてたんだがな。おれみたいな疫病神の弟子になっちまったばっかりに、かわいそうに下描きだけで終わっちまってよう」

座生右記はそう言って、また湯呑みの酒を口に運んだ。

「いくらうめえからって言って、もうちぃとゆっくり呑みましょうや、先生」

日ごろから世話をしている松次が小言《こごと》を言った。

「分かってら。……あー、何の話だったっけか。歳を取ると、すぐ忘れちまう」

絵師は頭をぽんぽんとたたいた。

「小田野先生のお話でした」

おなおがおずおずと言った。

「ああ、そうだったな。小田野直武先生は秋田藩士だが、三味線堀《しゃみせんぼり》の上屋敷には住まず、神田の平賀源内先生のお宅に入り浸ってた。もともと、源内先生のお付きみたいなお役だったからな」

「すると、絵も源内先生のところでお描きになっていたのでしょうか」

おなおが問う。

「いや、池之端仲町《いけのはたなかちょう》に画室があったんだ。若《わけ》えころのおれはよくそこへ通って、先生から絵の手ほどきを受けてた」

座生右記は、ちらりとしわだらけの手を見せた。

「司馬江漢《しばこうかん》だって、おんなじように小田野直武先生に教わってたんだぜ。なのに、どうだい。司馬江漢の名は世にとどろくようになったのに、おれの名前なんぞだれも知りゃあしねえ。おれは疫病神だから、絵のあきないをやってるやつも付き合ってくれねえんだ」

　座生右記はまた愚痴をこぼしはじめた。

　松次と仁助の目と目が合った。

（いつもこんな按配なんでさ）

（それはお相手が大儀で）

　互いが思っていることが、まなざしで通じ合った。

「しかし、絵の命は長いです」

　時吉は言った。

「長くなんかあるもんか。そりゃ、小田野直武先生の絵は別格だぜ。司馬江漢だって、残る絵は残るだろう。だがよ、おれの絵なんてだれも知りゃしねえし、残りもしねえ」

「先の世のことは分からないですよ。座生右記先生の絵がいちばん分かる人は、いまの世ではなく、その先にいるのかもしれません。先の世に、先生の絵を最も要り用とする心の持ち主が現れるかもしれません」

　身ぶりもまじえて、時吉は語った。

「先の世に、か……」

老絵師は思案げな顔つきになった。

「そうです。絵は先の世に送る舟のようなものです。たとえいまは岸に人の姿があまり見当たらなくても、その先に進んでいけば、やがて夜が明けて、先生の絵の真価が分かるようになるのではないでしょうか」

時吉が言うと、座生右記は湯呑みに手を伸ばした。

今度は一気に干さず、いくらか呑んだだけでゆっくりと畳の上に置いた。

「先の世に送る舟、か。うめえことを言うじゃねえか」

座生右記はそう言って、五色芋の青をつまんだ。いつのまにか、残りが少なくなってきている。

「わたしは料理人ですが、料理というものは先の世に送ることができません。同じ世の、目の前にいらっしゃるお客さんにお出しするのが料理です。仕込みをするとしても、いくらか先にはまったく跡形もなくなってしまいます」

時吉の言葉に、絵師は一つうなずいた。

「ですが、その儚《はかな》さがいいのです」

「儚さが」

「そうです。料理は召し上がっていただくお客さんとともにいまを生きます。次の世はできないのです」

「たしかに、そうだな。こうして食べれば、もうなくなってしまう」

座生右記は一つだけ残っていた白い玉を口中に投じた。

食べ終わるのを待って、時吉はさらに続けた。

「ただし、食べたものは身の養いになりますし、何かのおりに、『ああ、むかしどこそこであんなものを食べた、こんなものを食べた』と、ふと思い出されてくることがあります。すぐなくなってしまう儚《はかな》いものでも、そういうかたちで人の心に残るのです。わたしはそんな心に残る料理をお出ししたいと考えています」

「いい料簡《りょうけん》だ」

世をすねていた絵師の顔から、ほんの少し険《けん》が消えた。

「おれもそういう心掛けで絵を描いてりゃ、もっと違ったかもしれねえ」

そう語る老絵師のほうを、おなおは黙ったままじっと見ていた。

「若《わけ》えころに小田野直武先生の凄え絵を見ちまったから、あれを越える絵を、ってんで、肩に無駄な力が入っちまった。腕がついてるんならともかく、背伸びばかりするもんだから、力がついてこず、変な絵になっちまったんだ。売れねえのは当たり前だ。

それでいて、『おめえは、おれの絵が分からねえのか』と怒鳴ったりするんだから、そりゃ人は離れていくさ」

また愚痴が多くなった。

「小田野先生の絵は、そんなに素晴らしかったのですね」

おなおが言った。

「白い蛇の絵なんて、見たとたんにふるえが来るくらいだったぜ」

座生右記は遠い目つきになった。

「蛇、ですか」

「そうだ。遠くには水辺の景色が広がってる。舟の白帆なんかが描かれてるんだ。近くに描かれている岩の上で、真っ白な蛇がとぐろを巻いてるんだ」

老絵師の手がまた動いた。

「直武先生によると、この蛇の手本は、平賀源内先生のお宅で見たオランダの博物書だったんだそうだ。名前は……歳のせいで思い出せねえがな」

『ヨンストン動物図譜』がその名だった。『解体新書』の扉絵や挿画も描いていた小田野直武は、そういった舶来の知識に触れる機会に恵まれていた。

「ここには二つの遠近法が使われてるんだ。どういうことか分かるかい？」

座生右記はおなおにたずねた。

成り行きを見守っていた松次が、おそでに目配せをした。

日ごろから世話をしている者ならよく分かる。かたくなだった老絵師の心は、だんだんに開かれてきた。

「遠近法、ですか？」

おなおには耳慣れない言葉だった。

「そうだ。遠い近いの法と書く。一枚の絵の中に、近いところと遠いところを上手に描いて、絵に奥行きを出すことだ。これからの絵は、この遠近法を身につけなければ絶対に駄目だ」

座生右記の言葉に、おなおは殊勝にうなずいた。

「もう一つの遠近法は、蛇とそのうしろにあるものだ」

「蛇のうしろに？」

おなおはいぶかしげな顔つきになった。

「と言っても、蛇の陰に何か描かれているわけじゃねえ。蛇ってのは美女に化けたりする。そういう伝説はいろいろあるんだ。つまり……」

小田野直武から教えを受けた者は、一つ座り直してから続けた。

「見えているものは近くの蛇でも、遠くの美女が二重写しになってるわけだな。そういった技を直武先生は自在に操ることができたんだ」

それを聞いて、時吉もうなずいた。畑は違うが、料理人にも勉強になる話だった。

「若死にしなければ、どんなにたくさんの傑作が世に出ていたかと思うと、不肖の弟子はちょいと悔しくてよ。おまえさんがたの息子もそうだ。おれなんかに寿命を足しやがって、お天道《てんと》さんは何を考えてるのかねえ」

座生右記は仁助とおそでのほうを見た。

「まだやることがあるからではないでしょうか」

時吉はそう言って、ちらりとおなおの顔を見た。

娘がうなずく。

「死なねえから、生きてるだけさ。絵筆だって、未練がましく動かしてるだけで、もう勢いもありゃしねえ。おれの人生は、もう終わっちまってるんだ」

座生右記は吐き捨てるように言った。

「最後にもう一人、弟子を取って、すべてを教えてはいかがでしょうか」

時吉は切りこんだ。

正々堂々、面を取りにいくような気合だった。

「お願いいたします」

間髪《かんはつ》を容《い》れず、おなおが頭を下げる。

仁助とおそでも黙って礼をした。

「せっかくだが、女の弟子は取ったことがねえ。住み込ませるわけにゃいかねえじゃないか。ものすごく若えかかあをもらったのかとうしろ指をさされちまう。ま、うしろ指をさされるのは慣れてるけどな。あれが売れねえ絵描きだ、南蛮にかぶれるとあなっちまう、と、むかしからいろんなことを言われたもんだ」

年寄りの話はまた妙な脇道に入ってしまった。

それを救ったのは、松次だった。

「なら、おいらのとこに住めばいいでしょう」

絵師の世話をしている気のいい農夫が言った。

「おなおちゃんと同じ年ごろの娘がいましてね、三年前までは。あっけなく嫁に行っちまったもんで、家ん中ががらんとしてるんでさ」

松次はそう明かした。

「もしお世話になれるんでしたら、どうかよろしくお願いします。わたし、何でもお手伝いをしますから」

おなおは頭を下げた。

「そりゃ、お安い御用だ。女房もきっと喜ぶ」

松次は日焼けした顔に笑みを浮かべた。

「お願いでございます、先生」

顔を上げると、おなおは亡き兄の形見の筆をぐっと握りしめて言った。

「若くして亡くなった兄の跡を継いで、わたしは絵師になりとうございます。どうか弟子にしてくださいまし」

熱っぽい口調で言うと、おなおは深々と頭を下げた。

「お願いいたします」

父も和す。

「わたしは町の似面描きで終わってしまうでしょう。それはそれで悔いはありません。ですが、ひとかどの絵師になりたいというわが子の願いはかなえさせてやりたいと存じます。まして……」

仁助はそこで言葉に詰まった。

「あの子の……竹松の果たせなかった夢を、かなえさせてやりたい、と」

おそでが代わりに訴える。

座生右記は残りの酒を呑み干すと、目を閉じてしばし腕組みをした。

時吉も松次も声をかけなかった。黙って老絵師が口を開くのを待っていた。

おなおは畳に手をつき、頭《こうべ》をたれたままだった。おのれの心《しん》の臓《ぞう》が鳴る音が聞こえた。

ややあって、座生右記は目を開けた。

「頭を上げな」

老絵師は言った。

初めはずいぶん険のあった顔から、薄紙が一枚はがれたような表情だった。

「はい……」

おなおは顔を上げ、座生右記の言葉を待った。

「おれは、厳しいぜ」

光の宿る目で、老絵師は言った。

「先生……」

おなおは瞬きをした。

「やるからにゃ、肚《はら》をくってこい。娘だと思って手加減はしねえからな」

「ありがたく存じます」

おなおはまた頭を下げた。

「どうかよしなにお願いいたします」

「お願いいたします」

仁助とおそでも続く。

ほっとするような空気が画室に流れた。

「よかったね、おなおちゃん」

時吉が声をかけた。

「のどか屋さんのおかげです」

娘は笑顔になった。

「なら、支度をしなきゃならないな。嫁に行った娘と背格好が似てるから、余ってる着物も使っておくれ」

松次が気安く言った。

「ありがたく存じます。でも……」

おなおは母のほうを見た。

「そりゃ、支度をしないとね。あんまり大荷物にならないように」

おそでが言う。

「また改めて品川から出直してまいりますので、その節はどうかよしなにお願いいたします」

仁助が松次に向かって言った。

「女房も喜びます。なにぶん話し好きなもので」

松次が笑みを浮かべた。

「では……四日先に、改めてうかがいますので」

頭の中で段取りをざっと考えてから、仁助が言った。

「四日後ですね。お待ちしております」

松次が答えた。

そのあいだ、座生右記は芋金団を肴に酒を呑んでいた。好物を口にしているときは、思いのほか好々爺に見えた。

「四日後は、おまえさんも来るのかい？」

老絵師は時吉にたずねた。

「いえ、見世がありますので、次はちょっと」

時吉がそう答えると、座生右記は渋く笑って言った。

「べつに、おまえさんは来なくてもいいけどな」

箸で芋金団をつついて、絵師はこう告げた。

「おまえさんがつくった料理だけ来てくれりゃいい。五色芋を多めにな」

「承知しました」

晴れ晴れとした顔で、時吉は答えた。

第八章　鰻浄土

一

おなおの弟子入りが決まったあとは、世話になる松次の家へまず立ち寄った。

松次が言ったとおり、女房のおしげは話し好きで、これから毎日顔を合わせるというのに、ここを先途《せんど》とばかりにおなおに話しかけていた。

「おまえの話を聞いてたら、帰るのが遅くなっちまう」

「あら、ごめんなさい。娘がまた一人できたみたいで、あたしゃうれしくてうれしくて、ほんとにここいらは何にもないとこですけど、畑でとれるものはどれもこれもおいしくて……」

「だから、そのへんにしときなって」

松次があわててさえぎったから、場に和気が満ちた。

その後は、浅草の長吉屋に立ち寄って休むことにした。

あるじの長吉も、居合わせた客たちも、おなおの弟子入りの話を聞いてこぞって祝ってくれた。

「で、四日後とおっしゃいましたね。段取りはもう決まってるんでしょうか」

時吉は仁助にたずねた。

「明日、品川に戻ります。あさって一日あれば、支度は整うでしょう。世話になった長屋の人たちなどにも、あいさつ回りをさせますんで」

父は娘を指さした。

ほっとした顔で、おなおがうなずく。

「それから、翌る日に先生のお宅へ行くなら、三日先じゃないの、おまえさん」

おそでがたずねた。

「そんなに重い荷じゃなくても、品川から根岸は遠い。日が暮れてから松次さんをたずねるより、その日はのどか屋さんに泊まって、おいしいものをいただいてから翌る日に行けばいい。そうすると、一二三四《ひいふうみいよう》の四日じゃないか」

仁助は指を折りながら言った。

「ああ、なるほど」

おそでは得心のいった顔つきになった。

「では、またよしなに。お待ちしておりますので」

時吉は頭を下げた。

「なら、祝い膳を出さねえとな」

肴をつくりながら、長吉が言った。

「そうですね。腕によりをかけてつくりましょう」

時吉は二の腕をぽんと一つたたいた。

ほどなく、肴ができた。

海老芋の田楽《でんがく》だ。食べよい厚さに切った海老芋は下ゆでをしてやわらかくする。水気を切り、粉をはたいて、平たい鍋に油を引いて両面をこんがりと焼く。こうすれば、外はかりっ、中はもちっとした、えも言われぬ食べ味になる。

上に載せるのは玉味噌だ。赤味噌に酒に味醂に砂糖、それに卵黄を加える。これを鍋に入れ、木べらでていねいにかき回しながら火を通していけば、つややかなとろとろの玉味噌ができあがる。

これに乾煎りしてすった胡桃《くるみ》を加えてよくまぜ、海老芋に載せて食せば、なんともまろやかで香ばしい味わいになる。

「おいしい」

おなおが笑顔になった。

「ほんに、上品なお味で」

おそでも和す。

続いて、焼き松茸が出た。長吉屋では柚子と塩で食す。醤油もいいが、この食べ方でも風味は格別だ。

「先生に断られて引き返したときとは、雲泥《うんでい》の差ですよ」

少しだけと言いながら盃を重ねながら、仁助が言った。

「よござんしたね」

長吉が声をかけた。

「のどか屋さんに助けていただいたおかげです」

絵師がしみじみと言った。

「いい人助けをしたな、時吉」

古参の料理人の目尻に、いくつもしわが寄った。

二

翌日、絵師の家族はのどか屋を発《た》った。

「また来るからね、千ちゃん」

おなおは千吉の頭をなでた。

「ほんと？」

「ほんとよ。あさってまた泊まりに来るから」

おなおがそう告げると、一緒に遊んでくれるお姉ちゃんがすっかり気に入った様子の千吉は、

「うん」

と、大きくうなずいた。

「では、お待ちしておりますので」

「お気をつけて」

おちよと時吉が声をかけた。

船大工衆と絵師の家族、しばらく長逗留の客が入っていたが、今日は潮が引いたよ

うな按配で、泊まりの約も一つも入っていなかった。

「じゃあ、両国の広小路まで呼び込みに行ってきます」

働き者のおけいが言った。

「そう。悪いわね」

と、おちよ。

「これもつとめのうちですから」

「千ちゃんも、いく」

千吉が手を挙げた。

「千吉の足だと時がかかるから、案内されるお客さんがじれてしまうよ」

おちよはそう言ったが、千吉は首を横に振った。

「よびこみ、する」

わらべが我《が》を張る。

何を思ったか、のどかとちのが声をそろえて「みゃあ」とないた。まるで千吉に声援を送るかのようだった。

「だったら、わたしも行っていいでしょうか」

畳の拭き掃除をしていたおそめが手を止めて言った。

「そうね。こちらにお客さんが来ても、なんとかなるだろうし」

「じゃあ、おしんちゃんに声をかけてから行きます。手が空いてるようだったら、こちらに来てもらうようにしますから」

こうして、段取りがついた。

二人で行けば、どちらかが客を急いで案内し、どちらかが千吉をつれてゆっくり帰ればいい。

「つれて行ってもらうんだから、ちゃんとお客さんをつかまえてこいよ、千吉」

時吉は半ば戯れ言で言ったのだが、わらべは神妙な顔でうなずいた。

三

「さすがは千ちゃんですね」

客の案内を終えたおけいが笑顔で言った。

「どんな呼び込みをしたんです？」

のどか屋の手伝いに来たおしんがたずねた。

「『はたごのおりょうり、のどかやへ』って、大きな声で元気よく呼び込みをしてくれたから、橋を渡ってきたお客さんがすぐ見つかったの」

おけいが告げると、千吉は自慢げな顔つきになった。

「よくやったわね、千吉」

ゆきにひもを振って遊んでやっていたおちよが言った。

「なら、ほうびに八幡巻きができたら一つやろう」

仕込みをしながら、時吉が言う。

今日はいい鰻がたくさん入ったから、いま白焼きにしているところだった。牛蒡を鰻でくるくる巻きこんだ八幡巻きは、千吉の好物の一つだ。

「ほんと?」

「ほんとさ。それまで待ってな」

「うん」

わらべは笑顔でうなずいた。

おそめはいったん千吉をつれてのどか屋へ戻ってきたが、もう少し呼び込みをしてくると言って戻っていった。

両国橋の橋詰にまで行かなくても、西広小路から横山町三丁目へ折れる角あたりでも人通りは多い。浅草御門のほうへ向かう人にものどか屋の名をとりあえず告げておけば、今日でなくてもいずれ泊まってくれるかもしれない。

ほどなく、隠居と元締めが示し合わせたようにのれんをくぐってきた。のどか屋の二幕目が始まった。

おなおの弟子入りが決まったこと、千吉の呼び込みがうまくいったこと、思わず笑みがこぼれるような話が続いたが、次にもたらされた知らせはそうではなかった。

おそめは一人で帰ってきた。その手には、一枚のかわら版があった。

「なんだか気になったので、買ってきたんです」

おそめはそれをおちよに渡した。

「まあ、押し込みが」

かわら版をひと目見るなり、おちよは眉をひそめた。

「そうなんです。どういうわけだか、気になって仕方がなくて」

おそめは首をひねった。

「何か勘が働いたのかもしれないわ」

と、おちよ。

「どこで押し込みがあったんだい？」

一枚板の席から隠居がたずねた。

「本石町《ほんこくちょう》の上州屋《じょうしゅうや》という木綿問屋さんです。ただ、身を守る備えをしていて、お金は盗《と》られたけれども、命を落とした人はいなかったとか」

「それは不幸中の幸いだったね。本石町の上州屋といえば、なかなかの大店《おおだな》だ。目をつけられてしまったんだな」

元締めの信兵衛はそう言って、鰻の酒蒸しに箸を伸ばした。

まず鰻を白焼きにする。それから、平たい器に昆布を敷き、白焼きを載せてひたひたに酒を注ぐ。

これを蒸籠《せいろ》で蒸す。いい按配に蒸し上がったら、鰻の脂《あぶら》が浮いてくるから、酒とともに流して盛り付ける。洗い葱とおろし山葵《わさび》を薬味に土佐醤油で食せば、蒲焼きよりさっぱりといただくことができる。

「上州屋さん……」

おちよが額に手をやった。

「何か勘づいたかい、おちよさん」

隠居が問う。

「このへんまで、何か出かかってるんですけど」

おちよは喉のあたりに手をやった。

下ごしらえを終えた鰻の八幡巻きに、時吉は金串を打った。あとはたれをかけて香ばしく焼き、いくらか冷めたところで小口切りにすれば出来上がりだ。

だが、時吉は焼きにかかる前に手を止めた。

だしぬけに、ある顔が浮かんできた。

それは、おそめの兄の鶴松だった。

「おそめちゃんのお兄ちゃんが、座敷で泊まり客の船大工衆に酌をしにいったことがあった」

時吉がそう言うと、おそめもおちよもはっとしたような顔つきになった。

「あっ、おまえさん、思い出したよ」

おちよが声をあげた。

「何だ」

時吉が短く問う。

「昨日の朝に発った船大工さんたち、途中から一人いなくなった。『お一人足りないようですが』とわたしが言ったら、かしらは『一人はつとめに出した』と答えた。それで、ご隠居さんが……」

おちよは季川のほうを見た。

「たしか、『つとめは、どちらに？』と訊いたんだよね」

　隠居が思い返して言った。

「ええ。そうしたら、お弟子さんがこう答えた。『あいつはちょいと……上野《こうずけ》のほうへ』って。上野って上州のことじゃないの」

　おちよがそう言うと、おそめが息を呑んだ。

「すると、お兄ちゃんの勘が当たっていたのかもしれないな」

　時吉が言った。

「ええ。お酌をするときに気づいたんだそうです。『これは船大工の手じゃない』って。だから、気をつけろって」

　おそめの兄の鶴松が言っていた「妙なこと」とは、そういうことだった。おそめの口からそれを聞かされたおちよは、ちょっと変な心持ちになった。何かの思い過ごしかもしれないが、気にならないでもなかったから、時吉の耳には入れておいた。

「そう言えば、『わたしの兄も、深川で船大工の修業をしてるんです』って言ったら、妙な顔をしてました」

　おそめは不安げな顔つきになった。

「あんみつの旦那が幽霊同心の旦那をつれてきたとき、なんだか急いで引きあげていったじゃないか」

　と、隠居。

「そうでした。肴をどんどん出してくれと言ったのに、手のひらを返したように腰を上げて……」

「『旦那方にゃ、盗賊なんぞを捕まえてもらわなきゃいけませんから』などと口では言ってたが」

　時吉の眉間にしわが寄った。

「ほかならぬそいつらが盗賊だったたって言うのかい」

　元締めが驚いたように言った。

「昨日の朝は、これから相州へ帰るってくどいくらいに言ってたけど、本当は夜に備えてどこかに身を隠していて……」

　おちよが言葉を呑みこんだ。

「一人足りなくなったのは、上州屋に引き込みに入ったからだとすれば、ぴたりと平《ひょう》仄《そく》が合う。いなくなったのは、手代が似合いそうなやつだった」

　手を止めたまま、時吉が言った。

「思い出したわ。『そのうち、大きなあきないで実入りが……』って手下が言いかけたら、かしらがにらみを利かせてた」

おちよが額に手をやった。

「押し込みが『大きなあきない』だったわけか」

「そう言えば、小判みたいだとかやたら言ってた」

「ますます臭うな」

時吉が顔をしかめる。

「ちょいと番所まで行ってくるよ、おまえさん」

おちよが言った。

「おう、それがいい。そうすれば、黒四組の安藤様か万年の旦那に伝わるだろう」

時吉はそう答え、思い出したように八幡巻きを焼きはじめた。

四

万年同心が姿を現したのは、のどか屋の軒行灯に火が入る時分のことだった。

「ここの泊まり客が怪しいって?」

勢いこんで入ってきた幽霊同心は、今日は初めと同じ眼鏡売りに扮していた。そう毎度あきないを新たにすることもできないらしい。

「ええ。押し込みの前に気づけばよかったんですけど」

おちよが悔しそうに言った。

「人死にが出ていたら、ずいぶんと後生《ごしょう》が悪いところでした」

時吉も言う。

「それはほんとに不幸中の幸いだったね。ま、こちらへ」

例によって根を生やしている隠居が、一枚板の席をすすめた。

元締めの信兵衛は女たちとともに浅草へ引きあげていった。いまは凪《なぎ》のような按配だ。

おちよと時吉はさらに子細を告げた。万年平之助は茶を呑み、出された小鉢をつつきながら聞いていた。

鰻の白焼きから、時吉はさまざまな料理に枝分かれさせていった。

玉子と野菜と合わせて焼いた錦焼き、粉山椒ときな粉をあしらった珍しい御家宝《ごかほう》鰻、そして、いま出した梅肉和え。まさに、鰻浄土だ。

冷ました白焼きを細かく刻み、塩圧《お》しをした瓜や茗荷《みょうが》などをあしらって、梅肉酢をかけていただく。

「なるほど、どうやら間違いはねえようだな。安東様も言ってた。相州は代官と八州廻りがずいぶんと締めてかかってる。それで仕事がしづらくなって、江戸へ稼ぎに来たんだろう」

万年同心はそう言うと、心持ち目をすがめて鰻の梅肉和えをまた口に運んだ。

「うちが盗賊のねぐらに使われてたなんて……」

おちよが悔しそうな表情になった。

「とうぞくって、なに?」

ゆきをじゃらしていた千吉がたずねた。

「ううん、何でもないよ。そろそろおねむの頃合いでしょ?」

「あんまりねむくない」

「これから大事なお話があるからね、千吉は先ににゃーにゃと一緒に寝なさい」

「うん……」

千吉はしぶしぶうなずいた。

のどかとちのと違って、ゆきはわらべになついており、いつも一緒に寝ている。

おちよが千吉を寝かせに行き、戻って来たところで話の続きになった。

「長逗留なら、顔はしっかり憶えてるわけだな。おれも会ってるが」

万年同心があごに手をやる。

「それはもう。あっ、だったら……」

おちよが何か思いついたような顔つきになった。

「あした、仁助さんがまた来るな」

すぐ気づいて、時吉が言う。

「仁助と言うと？」

「同じように長逗留していたお客さんで、上手な似面を描くんです。顔は憶えているはずなので」

おちよが答えた。

「よし。なら、その仁助に似面を描いてもらおう。こちらにも息のかかった似面描きがいる。描き増しさせて、おもだった御門や番所に急いで回せばいい」

「網が絞られてきましたね」

隠居が言った。

「おう。おれだってこの目で見てるんだ。同心のおれが入ってきたもんだから、『松茸は食い飽きてる』なんぞと言いながらそそくさと引きあげていきやがった。このまままむざむざと取り逃がしたんじゃ、影御用の隠密廻りの名折れじゃねえか」

万年同心はそう言って、おのがひざをばしっとたたいた。

「その意気ですよ、旦那」

隠居が風を送る。

「では、あしたはうちにお泊まりなので、着き次第、似面を描いていただくことにしましょう」

時吉が段取りを整えた。

「分かった。おれも来るぜ。こうしちゃいられねえや。ほうぼうへ根回しをしておかねえとな」

万年同心はそう言うと、眼鏡売りの荷をさっとかついだ。

五

「あの船大工さんたちが盗賊……」

仁助は絶句した。

「そうなんです。いちいち平仄が合うので、まず間違いなかろうと」

時吉はそう告げてから、細かなところを伝えた。似面描きばかりでなく、おなおもおそでも気を入れて聞いていた。

「分かりました。なら、さっそく描かせていただきます」

仁助はそう請け合った。

「わたしも手下の人たちの顔を憶えてるから」

おなおが手を挙げた。

「あんまりしげしげと見ていないはずだが、大丈夫か？」

仁助が案じ顔で問う。

「うん、おとっつぁんよりずっと若いから」

「言ったな」

父は笑みを浮かべた。

のどか屋はちょうど昼の休みだ。まだ二幕目が開いていないから、按配よく座敷が空いていた。

紙はふんだんに用意してあった。夜はおなおの門出のための祝い膳を出すことになっている。その仕込みをしながら、時吉は座敷の様子を見守っていた。

「これ、やめなさい」

おちよがのどかをしかった。

あたたかいのかどうか、猫は紙の上が好きだ。墨が乾かないうちに上に乗られたら、せっかくの似面が台なしになってしまう。

「だめよ」

千吉も加勢に来た。

のどかをはじめとする猫たちは、そのうちあきらめて表の酒樽のほうへ向かった。

「おお、いい日和《ひより》だな、おめえら」

その猫たちに巻き舌でひと声かけて、万年同心が入ってきた。

「おっ、始まってるな」

影御用の隠密廻りは、今日は珍しい目鬘《めかづら》売りに扮していた。

両の目のところがくりぬいてあり、頭にかぶれば、河童《かっぱ》になったり狐になったりできる。侍や福助などもある。なかなかに楽しい品揃えだ。

「千坊にこれをやろう」

竹の上に据えられた弁慶《べんけい》と呼ばれる藁包みから、同心はでんでん太鼓を一つ取って千吉に渡した。ほかに風車や魔よけの旗などがとりどりに挿《さ》してある。

「わあい」

千吉はこぼれるような笑みを浮かべた。

同心のほかに、もう一人、小柄な男が付き従っていた。どうやら似面描きのようだ。道具箱で分かる。

「仁助さんかい。おれは黒四組っていうとこの隠密廻りで万年平之助。こいつはおまえさんと同業の似面描きで、末三《すえぞう》だ」

「よろしゅうお願いいたします。描き増しをさせていただきますんで」

末三は腰を低くして挨拶した。

「こちらこそ、よしなに。いま始めたばかりなんですが」

仁助はそう言って、かしらの善造の似面をかざした。

「こ、こりゃあ真に迫った似面で……」

末三が目を瞠った。

世辞ではないことは、その表情が物語っていた。

「ほんとだな。まるで紙の中から飛び出してくるみてえじゃないか」

万年同心も驚いた様子で、いくたびも瞬きをした。

「こうやって影をつけてるからです」

仁助は細い筆を示した。

「なるほど。それで生きてるみてえに見えるんだ」

同心がうなずく。

「それは勉強になります。さっそくやらせていただきます」

末三は勢いこんで座敷に上がった。

兄の跡を継いで座生右記に弟子入りするとあって、まだ若いのにおなおの腕も相当なものだった。

かしらばかりでなく、手下たちの似面も次々にできあがっていった。

「こうやって影の線のあいだを変えていくと、奥行きが出るんです」

仁助が手本を示す。

「はい、承知しました」

会ったばかりなのに、末三は弟子のような按配で話を聞いていた。

遠近法の心得はなかったが、末三も筋のいい似面描きだった。すぐ呑みこんで、そのとおりに筆を動かしはじめた。

描き増しが追いつかなくなってきたら、おなおも父が描いたかしらの似面を増やしていった。おちよとおけいとおそめ、のどか屋の女たちが表に出して日に当て、墨を乾かしていく。

「千ちゃんも、おてつだい」

しばらくてんてんと太鼓を動かしていた千吉も名乗りをあげた。

「いい子ね。じゃあ、ねこさんに取られないように乾かしてね」

「うん」

千吉はにこっと笑って、足元に寄ってきたたちのににらみを利かせた。

紙がひらひらするのは猫には面白いらしい。すきあらば取ろうとするから、なかなかに油断がならない。

ほどなく、二幕目の客がのどか屋に姿を現した。

「おっ、まだ早かったか」

「何してんねん」

いぶかしげな顔つきになったのは、大和梨川藩の国枝幸兵衛だった。むろん、原川新五郎もいる。

「似面を描き増ししてるんです。大変なことになってしまいまして」

おちよがそう言って、かいつまんでいきさつを述べた。

「なんと、のどか屋の客が」

「盗賊やったと」

大和梨川藩の勤番の武士たちは、互いに顔を見合わせた。

「まったくもってうかつな話で。船大工にしてはおかしいと気づいた者もいたのに、忙しさにかまけてすぐ動かなかったのはわたしの落ち度です」

時吉は唇をかんだ。

「死んだ子の歳を数えてもしゃあない。これからうちの藩の下屋敷へ出かけるさかい、一枚ずつ持っていくわ」

偉丈夫の原川が気安く言った。

聞けば、同じ「しんごろう」のよしみで、力屋へ足を運んで昼飯を食べてきたらしい。このところ、のどか屋の豆腐飯と東西の大関とささやかれている玉子かけ飯がうまかったとご満悦だった。

「知ってのとおり、うちの下屋敷は目黒の近くで、上屋敷とえらい離れてる」

華奢《きゃしゃ》な国枝幸兵衛が言う。

「田舎の小藩やさかいな」

「ひょっとしたら、相州へ帰るときにあっちのほうを通るかもしれん」

「それはぜひ、お願いいたします」

万年同心が改まった口調で頭を下げた。

用意した紙はすべて似面に変わった。あとは、これをもとに網を張っていけばいい。

「今日はいままでいちばん勉強になったと思います」

末三が殊勝《しゅしょう》な顔つきで言った。

「小田野直武先生が、平賀源内先生から遠近法を教わったときも、そんな心持ちになったんでしょうね」

仁助はしみじみと言った。

「それはどういう話で？」

末三の問いに、仁助は竹松から聞いた話を伝えた。鏡餅に影をつけて遠近法を教えたという、例の逸話だ。

「世の中は広いです。いくつになっても学ぶべきことはありますね」

鬢に白いものがまじりはじめている似面描きは、感に堪えたように言った。

「それは料理人も同じです」

仕込みをしながら、時吉は穏やかな笑みを浮かべた。

「その心持ちがあれば、少しずつでも腕が上がるでしょう。まだまだこれからですよ」

時吉が励ますように言うと、末三はゆっくりとうなずいた。

第九章　江戸前祝い膳

一

一《ひい》や二《ふう》や　三《みい》や四《よう》や……

表から毬唄が聞こえる。

似面描きが終わったおなおは、千吉と遊んでやっていた。

一方、仁助とおそでは出世不動へ出かけた。明日はおなおとしばしの別れになる。娘が達者で暮らせるように、どこぞで願懸けをしたいと言ったところ、時吉もおちよも声をそろえて出世不動をすすめた。

初めにのれんを出した三河町の近くだから少し歩くが、のどか屋の二人が折にふれてお参りしてきた場所だと告げると、仁助とおそでは迷わず出かけていった。

おなおだけ残ったのは、千吉が遊びをせがんだからだった。お気に入りのお姉ちゃんと遊べるのも今日かぎりだ。

五六七八《いつむうななやあ》　九つ十《とお》
手毬ころげて　どこへ行く……

そこでまたどっと笑い声があがった。

唄に合わせるかのように、千吉の手毬がころげていったらしい。

「これ、ゆきちゃん、だめ」

「返して、ねこさん」

明るい声が響いてくる。

あろうことか盗賊を泊めてしまったことに、時吉とおちよはまだ悔やむ心があったが、その邪気のない声を聞いているうちに気持ちもだんだん晴れてきた。

心は料理に出る。これからおなおの門出を祝う膳をこしらえなければならない。時吉は気を入れかえて包丁を動かした。

ほどなく、隠居と元締めが姿を現し、一枚板の席に陣取った。

船大工衆と思われた客が盗賊だったという話を聞いて、どちらもたいそう驚いた様子だった。

「その似面はまだあるかい？」

信兵衛がたずねた。

「少しございますが、ほかの旅籠にも？」

いくらかいぶかしそうにおちよが答える。

「だったら、わたしがわけを話して渡してきましょうか」

おけいがそう申し出た。

「でも、うちに泊まったあとに、すぐ近くに泊まるはずはないかと」

おちよは思うところを述べた。

「それもそうか。もっと役に立ちそうなところへ回したほうがいいね」

元締めはあっさり引き下がった。

「しかし、『こいつなら、どこそこで見かけたことがある』っていうお客さんが来るかもしれないね。ここには貼っておかないのかい」

隠居が問うたが、おちよはすぐさま首を横に振った。

「もう、顔を見るだけで腹が立つので」

心底、嫌そうに言う。

「はは、そりゃそうか」

「万年の旦那が張り切って網を張りに行ったし、ほかにも大和梨川藩の下屋敷などに似面が回っていますので、いい知らせを待つしかないかと。……はい、お待ち」

時吉は一枚板の席に肴を出した。

「おお、平目の縁側の刺身だね」

季川の顔がほころぶ。

「おなおちゃんのために江戸前の祝い膳を出すので、けさは魚河岸でいいものを仕入れてきたんです。平目は肝もゆがきますので」

「昨日から干物をつくったりして段取りをしてたんですよ」

のどか屋の二人が告げた。

「なら、おすそ分けにあずかれるね」

「いい日に来ましたね、ご隠居」

元締めが笑う。

「まあ、来ない日のほうが少ないんだが」

隠居がそう言ったから、のどか屋に和気が戻った。

「こりっとして、うまいね」

季川が平目の縁側の刺身を口に運ぶ。

肝の小鉢もできた。ほどよくゆがいて薄めの醤油で味つけをすれば、この上ない酒の肴になる。

祝い膳に供するのは薄造りだ。大皿に見栄えよく盛り付けていく。

平目はもうひと品、越前和えをつくった。

白焼きをした平目の身を細かくほぐす。これに合わせるのは、朝と昼の膳につけた大根の漬け物だ。輪切りにし、酢と醤油を同じ割りにした地に一日漬けこんでやると、さっぱりとした漬け物になる。

これを細かく刻み、平目の身と合わせる。生姜酢で食せば、これまた絶品の酒の肴になる。

こうして一枚板の客に料理を供しているうち、仁助とおそでが戻ってきた。

「お帰り」

おなおの声でそれと分かる。

「ああ、お参りしてきたよ」

仁助が言う。

「お帰りなさいまし。そろそろ祝い膳ができますので」

おちよが出迎えた。

「じゃあ、このへんにしようね」

西の空はだいぶ赤みを帯びてきた。

おなおが千吉に言うと、わらべは毬を胸に抱いたままこくりと寂しそうにうなずいた。

二

似面描きの一家が座敷に座り、平目の薄造りの大皿に海苔飯が運ばれるころ、客が続けて入ってきた。

「おっ、豪勢なものが出てるね」

元気のいい声をあげたのは、岩本町の湯屋のあるじの寅次だった。

「ご無沙汰しておりました。見世が休みなので、勉強に来ました」

一緒に来たのは吉太郎、寅次の娘婿で、女房のおとせとともに「小菊」という見世を切り盛りしている。二度目に焼ける前、のどか屋がのれんを出していた場所だ。

「おう、いい日に来たね。まあ座っておくれ」

隠居が右手を挙げた。

それに続いて、千吉の呼び込みで泊まることになった客が戻ってきた。佐原《さわら》から江戸見物に来た庄屋の夫婦だ。こちらは座敷に案内した。のどか屋はたちまち千客万来になった。

「千吉、おまえはここで食え」

座敷のほうへ行こうとした千吉に向かって、時吉は言った。

座敷は客で一杯だから、厨の隅で夕飯を食べるように言ったのだが、わらべは首を横に振った。

「おねえちゃんといっしょ」

と、また我《が》を張る。

「お姉ちゃんはご家族で祝い膳を召し上がるの。わがままを言っちゃいけないよ」

おちよもたしなめたが、千吉は承服しなかった。

「いいですよ。こっちへおいで、千ちゃん」

おなおが手招きすると、べそをかきそうになった千吉の顔がぱっと晴れた。

わらべはちゃっかりおなおの隣に座り、海苔飯を食べはじめた。

浅草海苔をさっとあぶってぱりっとさせ、細かくもんで飯にのせる。その上から風味豊かなすまし汁をかけ、薬味を添えていただく。薬味は小口切りの葱、胡麻、それに陳皮《ちんぴ》を用意した。

「祝い膳って、お嫁入りかい？」

寅次が小声で時吉にたずねた。

「いえ。絵師に修行に出ることになったので、その門出《かどで》の祝い膳で」

「亡くなったお兄さんの跡を継いで、名人の絵師のお弟子さんになるんですよ、おなおちゃんは」

おちよが言葉を継ぐ。

「そうかい。そりゃあ、門出だな。……気張ってやんなよ」

岩本町の名物男が声をかけると、おなおはいい声で、

「はい」

と答えた。

「お次は、鯊《はぜ》の天麩羅でございます」

おちよが座敷に料理を運んだ。

「お待たせしました」

おけいが佐原の夫婦にも天麩羅を出す。

「おお、これは三大天麩羅の一つだね」

福耳の庄屋が相好《そうごう》を崩した。

「あとの二つは何です？」

仁助が問う。

「雌鯒《めごち》と白鱚《しろぎす》です。なかなか田舎じゃ味わえないので、江戸へ出てきた甲斐がありました」

庄屋はそう言って、からりと揚がった天麩羅を口に運んだ。

それをしおに、二つの家族のあいだで会話が弾むようになった。庄屋の次男も宮大工の修業に出ているらしく、子と別れる親の気持ちはよく分かるらしい。次の秋刀魚の骨煎餅《せんべい》が出るころには、すっかりさしつさされつの仲になった。

秋刀魚の中骨に金串を刺し、猫が跳んでも届かないところに干す。一日風干ししたあと、さっと揚げて塩を振って食せば、身の養いにもなる酒の肴ができる。

これはわらべのおやつにもいい。足の悪い千吉の骨の助けにもなるから、日ごろから骨煎餅は進んで与えていた。

「おいしい」

千吉がぱりっとかんで笑みを浮かべる。

一枚板の席では、「小菊」が話題になっていた。子を産んだあと体調を崩したおとせだが、いまはすっかり元気になり、細工寿司も評判を呼んでずいぶんと繁盛しているらしい。元はのどか屋の猫だったみけも、ちゃんと看板猫をつとめているようだ。

その猫たちが浮き足立ちはじめた。それもそのはず、厨では干物が香ばしく焼きあがるところだった。

鯊の桜干しだ。

江戸前の鯊を三枚におろして小骨を抜く。味醂と醤油の合わせ地にほどよくつけ、これまた猫にとられないように天日でよく乾かす。

取り入れたあとは、活を入れるように槌でたたく。こうすると身がやわらかくなる。それから金網でこんがりと焼き、食べよい大きさに切ってお出しする。猫ならずとも浮き足立つうまさだ。

「これ、駄目よ。ごはんはあげてるでしょ」

おちよがのどかをたしなめた。

そうこうしているうちに、表がだいぶ暗くなってきた。

「まだ忙しそうだが、そろそろ頃合いかね」

元締めの信兵衛がおけいのほうを見た。

「あとはわたしがやるから」

おちよが声をかけた。おけいは長屋で息子の善松を預かってもらっている。あまり遅くまで引っ張るわけにはいかない。

「では、次の料理を運んだら」

おけいは厨のほうを見てから言った。

客の案内を終えたおそめも戻ってきた。まだ部屋が空いているから、泊まり客が来たら手が足りなくなるところだが、案ずることはない。いま一枚板の席に座っている寅次や吉太郎がお運びを手伝ってくれるだろう。

次の料理ができた。

「これは江戸前じゃないんですが、竹松さんの好物だったということで」

時吉はそう断って、里芋の煮ころがしを出した。

海に近い品川から来た家族だから、ちょっとした洒落っ気もあって「江戸前」にこだわった祝い膳にしてみたのだが、さすがに里芋は入らない。

「だったら、海苔をあしらったらどう？　それなら江戸前が入るじゃない」

おちよがそう水を向けた。

「そうか。仕上げにたまり醤油を使ったから、合うかもしれないな」

時吉はそう答え、さっそく浅草海苔をあぶりだした。

浅草海苔の名の由来には諸説がある。太田道灌《おおたどうかん》が江戸城を築いたころ、隅田川は浅草の観音様のあたりに河口があった。そこで海苔が採れたからだとする説。大森や品川で採った海苔を浅草で加工したからだという説。大森や品川の海苔を浅草観音の門前で売ったからだという説。いずれとも定めがたい。

いずれにせよ、浅草海苔は押しも押されもせぬ江戸前の食材だった。

「はい、お待ち」

江戸前の里芋の煮ころがしができた。

「お待ちどおさまです」

おちよとおけいが座敷に運ぶ。

「うわあ、いい色」

絵を志す娘らしく、おなおはまずそこに目をつけた。

「ほんに、つやが出ていておいしそう」

庄屋の女房も顔をほころばせた。

「最後に味醂を加えると、いい感じの照りが出るんです」

時吉が言った。

「それにたまり醤油でこくを出し、海苔の風味が加わるわけですね。……うん、おいしい」

吉太郎がうなずいた。

「たしかに、海苔に合うな」

寅次も和した。

「酒の肴にもいいね。今日も根を生やしてしまったよ」

隠居がひざに手をやったから、のどか屋に和気が満ちた。

「なら、おいしいものもいただいたし、わたしらはそろそろ浅草へ」

元締めが立ち上がった。

ほどなく、おけいとおそめも一緒に帰っていった。

のどか屋の軒行灯に火が入り、「の」の字がほっこりと浮かびあがった。

三

「さ、そろそろおねむの時だよ、千吉」

おちよがうながしたが、わらべはいつものように二階へ向かおうとはしなかった。

「おねえちゃんと、いっしょにいる」

駄々をこねて動こうとしない。

「よっぽど気に入ってくれたんだねえ、おまえのことを」

母のおそでが言った。

「お姉ちゃん、あしたまでいるからね。おねんねしておいで」

おなおがさとすように言ったが、それでも千吉は首を縦に振らなかった。

「困ったわねえ」

おちよが時吉を見た。

やむをえないから叱ろうと口を開きかけたとき、おなおが先にこう言った。

「だったら、お姉ちゃんが千ちゃんの似面を描いてあげる。そしたら、おねんねしてくれる？」

千吉は少し考えてからうなずいた。

ただし、にわかに泣き顔になって、目尻からほおへ涙が伝いはじめた。

「泣いてたら、かわいい似面にならないよ」

庄屋が穏やかな笑顔で声をかける。その女房も笑う。

千吉は涙をふいた。

ほどなく支度が整った。

おなおは一本の筆を手に取った。兄の竹松の形見の筆だ。

「笑って」

わらべに言う。

座敷の隅にちょこんと座った千吉がやっと笑みを浮かべると、のどか屋じゅうに笑顔の花が咲いた。

「行灯を近づけましょうか?」

おちよが問う。

「そうですね。もう少しだけ」

おなおはそう答えると、巧みな筆さばきで似面を描きはじめた。

「二割、三割増し、でな」

仁助が長年培《つちか》ってきた勘どころを伝える。

実物より割増で良く描いてやれば、喜んで受け取ってくれる。これが逆だったら目も当てられない。そのあたりは、似面描きというあきないの呼吸《いき》だ。

「千ちゃんはかわいいから、増すところがあんまりないよ」

手を動かしながら、おなおが答える。

「だったら、そのとおりに描け」

仁助がそう言ったから、また見世に和気が満ちた。

「……はい、できたよ」

おなおが描きあげたばかりの似面を見せると、わらべの笑顔がまた弾けた。

「よかったね、千吉。じゃあ、おねんねしにいこう」

おちよが言った。

「うん。ありがとう、おねえちゃん」

似面を持って、千吉はぺこりと頭を下げた。

「上手になったら、また描いてあげるからね」

「もっとじょうずになるの？」

「そうよ。大きくなった千ちゃんを描いてあげるから」

おなおは笑みを浮かべた。

「そのときは、もうのどか屋の二代目かもしれないね」

隠居が言う。

「そんなに修業に時がかかったら困りますよ、ご隠居」

湯屋のあるじが切り返す。

「はは、それもそうだね」

そんな按配で、千吉は似面を大事そうに持って、おちよとともに二階へ上がっていった。

時吉は似面描きのあいだに支度をしていた料理を続けて出した。江戸前祝い膳はいよいよ大詰めだ。

まずは、鰯の野山たたきだ。

おろした鰯の身を粗《あら》めにたたき、梅肉と味噌を加えて合わせる。どちらも臭み消しのために加えるもので、味があまり前に出すぎないように加減する。

浅葱《あさつき》を細かなみじん切りにし、団子に丸めたたたきにきれいにまぶしつけていく。

こうすると、海のものだった鰯が野山の幸のような按配になる。野山たたきの名がつくゆえんだ。

これに彩り良く花穂を添え、黄身醬油で食せば、なんともまろやかでおいしい。

「これは、黄身醬油と野山たたきの色も響き合ってますね」

仁助が瞬きをした。

「ほんと。食べるのがもったいないくらい」

おそでも和す。

「山粧《よそお》ふ野山たたきのめでたさよ、だね」

隠居が即興で一句詠んでから口に運ぶ。

「食ってうまけりゃみな同じ」

湯屋のあるじがそう付けて、わしっとほおばる。

「そりゃ、按配がいい下の句だね。何にでも付けられるから。……いや、こりゃほんとにうまいよ」

隠居の目尻にいくつもしわが寄った。

最後に、これまた彩り鮮やかな秋刀魚の菊巻きが出た。

三枚におろした秋刀魚の腹骨をすき取り、観音に開く。食べられる菊をゆがいてあくを抜き、ぎゅっと絞って等分に切る。

秋刀魚の身に粉をはたき、菊をのせてくるりと巻いて、楊枝でしっかりと留める。

これを揚げる。音が穏やかになり、秋刀魚がふわっと浮いてきたら頃合いだ。

揚げ終わったら、両の端を少し切り、食べよい大きさに輪切りにしていく。切り口を見せて盛り付ければ、菊の花の黄色が浮かんで目に鮮やかだ。

これを山椒塩でいただく。付け合わせに大葉《おおば》の天麩羅も添えれば、青みが黄色をさらに引き立てる。

「絵師の門出の祝い膳、締めのひと品でございます」

少し改まった口上《こうじょう》とともに、おちよが座敷に料理を運んだ。

「これはまた美しい」

仁助が声を発する。

「料理で描いた絵みたいですね」

おなおが笑みを浮かべた。

「江戸へ出てきた甲斐がありました」

「さっきから同じことを言ってますよ」

佐原の庄屋夫妻が掛け合う。

「この菊は、味でもいい仕事をしていますね」

吉太郎は「小菊」のあるじらしく、まず菊をほめた。

「ほんと、菊と秋刀魚、秋の恵みが力を合わせて、こんなにおいしいお料理に」

おそでが満足げに言った。

「なら、この辺で、師匠から餞《はなむけ》の一句を」

おちよが季川に水を向けた。

「よっ、待ってました」

岩本町のお祭り男があおる。

おちよが墨を磨《す》って支度を整える。それが終わるや、隠居はうなるような達筆で一句したためた。

一本の絵筆は勁《つよ》し秋の道

「心が折れそうになったら、筆をごらんなさい」

隠居はそう言って、いま発句をしたためたばかりの筆をゆっくりとかざした。

「筆はこうしてまっすぐになっている。一度決めた道なのだから、筆のように進んで行きなさい」

「はい」

おなおは力強くうなずいた。

「なら、おちよさん、付けてくださいな」

季川が言った。

そう言われることを見越して、おちよはもう考えてあった。

時吉が渡した短冊にこう記す。

ともに歩めるおもかげのあり

「これは、亡くなったお兄さんのことね」

おちよが言うと、おなおは今度は静かにうなずいた。

「きっと、見守ってくれると思います」

その言葉を聞いて、母が目尻に指をやった。

「……よろしくね」

兄の形見に向かって、おなおは言った。

第十章　加須天以羅《かすていら》芋

一

千吉はもう泣かなかった。寂しさをぐっとこらえていた。

翌日、土産の包みを手に、絵師の一家はのどか屋を発つことになった。まずは金杉村の松次のもとをたずね、着物などの荷を下ろす。それから、根岸の座生右記の画室を訪ね、弟子入りをする。そういう段取りになっていた。

「では、大変お世話になりました」

おなおが頭を下げた。

「お達者でね」

おちよが笑顔で見送る。

「わたしらは、また帰ってきますので」

仁助が言った。

娘を弟子入りさせたあとは、おそでと二人で戻り、もうひと晩のどか屋に泊まってから品川に戻ることになっていた。

「おいしいものをつくっていただいて、先生も喜ばれるでしょう」

おなおが包みをわずかに揺らした。

「お口に合えばいいんですが」

そう答えた時吉が考えてつくったのは、まず甘藷の甘露煮だった。

甘藷は皮をむかずにていねいに洗い、さくっとかめる厚さの輪切りにする。

甘藷を鍋で煮るときに、軽くつぶした梔子《くちなし》の実を加える。これによって、皮まで鮮やかな色になる。やわらかく煮えたらいったん水にさらして冷まし、色を落ち着かせる。

ここからが味つけだ。水に砂糖を溶かして蜜をつくるのだが、勘どころはごくわずかに塩を加えることだ。羊羹《ようかん》もそうだが、塩によって逆に甘さが引き立ち、引き締まった味になる。

この蜜を加えて、煮崩れない火加減で味を含めてやれば、大人からわらべまでこぞって喜ぶ甘露煮の出来上がりだ。

「じゃあ、千ちゃん、お姉ちゃんは行くからね。遊んでくれて、ありがとうね」

おなおはそう言って、千吉のかむろ頭をなでてやった。

「うん……」

それまでこらえていたものが、目尻からほおへ、つ、としたたっていく。

「泣かないで。また会えるから」

おなおはそう言ったが、一度切れた堰《せき》を元通りにすることはできなかった。

わらべはたちまちわんわん泣きだした。

「はいはい。あとで千吉にも加須天以羅芋をあげるからね」

おちよがなだめたが、千吉は顔じゅうを口にして泣くばかりだ。

「では……先を急ぎますので、これで」

仁助があいまいな顔つきで言った。

「相済みません。せっかくの門出なのに」

と、おちよ。

「門出は昨日の祝い膳をおいしくいただきましたから」

おそでが笑みを浮かべた。

おなおはひざを折り、わらべと同じ目の高さになった。

「お姉ちゃんはこれから、先生のもとで一生懸命、絵の修業をするの」

かんで含めるように言う。

千吉は手で涙をぬぐい、こくりとうなずいた。

「千ちゃんは、何になりたい？」

おなおはだしぬけに問うた。

「……りょうりにん」

その答えを聞いて、時吉とおちよは思わず顔を見合わせた。

「だったら、千ちゃんもがんばってね。お姉ちゃん、つらいことがあっても、千ちゃんもがんばってるからと思ってこらえるから。いい子ね」

おなおはもう一度わらべの頭をなでてやった。

「うん」

千吉はやっとうなずいた。

これで動ける。

「では、わたしらは戻ってきますので」

「千ちゃん、いい？」

仁助が言った。

「どうもお世話になりました」

おなおがていねいに礼をした。

絵師の一家はのどか屋から去っていった。

おなおの背が見えなくなるまで、千吉はじっと見送っていた。

二

のどか屋に戻ったあともいくらかめそめそしていた千吉だが、おちよが加須天以羅芋を与えると、急に機嫌が直った。

「うまいか」

時吉が問う。

「うん、あまい」

千吉の顔に笑みが戻った。

おなおの師匠の座生右記は蘭画の心得がある。それにちなんで、南蛮渡りの菓子を甘藷でつくることにした。

ぽるとがるやいすぱにあを起源とする古い菓子は、すでに安土桃山《あづちももやま》時代に南蛮船によって渡来し、長崎では江戸の初期からつくられていた。元禄《げんろく》時代の料理書にも製法が記されている。

それにならって、生の甘藷芋をおろし、藷精《いものじん》をいくらか加える。これに玉子と砂糖をまぜ、金物師にあつらえさせた焼き器に入れて火を入れる。

この焼き器はおちよの発案で、くるりと上下をひっくり返すことができる。下のほうが焼けてきた頃合いを見計らって上下を返して焼いていけば、むらなく焼き上がるという仕掛けだった。

こんがりと焼きあがったら、香りづけに罌粟《けし》の実を振る。これで甘藷でもうまい加須天以羅になる。

わらべばかりでなく、見世の娘たちにも好評だった。残りのひと切れを食べるのに、おそめとおしんがじゃんけんをしたほどだ。

「安東様がふらりと見えることも考えてつくったんだが、あっという間になくなってしまったな」

時吉が苦笑いを浮かべた。

「まだ甘露煮はたんと残ってるから」

と、おちよ。

「そうだな。冷えてもうまいし」

「安東様のところには届いてるかしら、賊の似面」

まだ気の悪そうな表情で、おちよは言った。

「万年の旦那から届いてるかもしれないが、安東様はほかにも大きなお役目がおありだろう。町場の細かい網までは張れないから、そちらは影御用の同心に任せることにしたのじゃないかな」

「なるほどねえ。細かい網に掛かってくれればいいけど」

その網がより絞られたのは、日が西に傾きだした頃合いのことだった。

のどか屋は二幕目に入っていたが、昨日は根を生やしていた隠居も現れず、いささか寂しい雰囲気だった。

そこへどやどやと連れだって現れたのは、かねてより見知りごしの、よ組の火消し衆だった。

ただし、料理と酒のために来たのではないことはすぐさま分かった。

「おう、上州屋に押し込んだやつら、ここに泊まってたんだってな」

かしらの竹一《たけいち》が勢いこんでたずねた。

「そうなんですよ。面目《めんぼく》ないことで」

おちよが申し訳なさそうに答える。

「おいら、番所で似面を見たんでさ」

若い衆の一人が手を挙げた。

「ひょっとして、見憶えが？」

仕込みの手を止めて、時吉が問うた。

「そうなんで。ありゃあ、真に迫った似面だったから」

「飛び出てくるみてえだったからな」

纏《まとい》持ちの梅次《うめじ》が言う。

「あの似面じゃなかったら、思い出せねえところでしたよ」

「で、どこで見かけたんです？」

おちよが先をうながした。

「内藤新宿《ないとうしんじゆく》へ続く大木戸《おおきど》の先で。おいら、あっちのほうの出なんで、おっかさんの顔を見に行ったんでさ」

「道ですれ違っただけで、本当に分かったんだな？　間違いはねえな？」

念を押すように竹一が問う。

「かしらだけじゃねえ。手下の似面もうめえもんだった。笠はかぶってやがったけど、間違いはねえ、やつら、ゆうべは内藤新宿で女郎《じょろう》を抱いてやしたぜ」

それを聞いて、おちよは眉をひそめた。

「いくら押し込みでかせいだからって、新吉原《しんよしわら》の花魁《おいらん》を買ったりしたら、足がつきかねねえ。そこで、手頃な内藤新宿にしたっていう寸法だな」

かしらが腕組みをする。

「では、番所には？」

時吉が短く問うた。

「もちろん、告げておいたんだが、こいつがすれ違ったのは昨日の話だ。内藤新宿に追っ手が向かっても、まさか居続けはしねえだろう」

竹一は首をひねった。

「もしそうだったら、いまごろは捕まっているかもしれませんね」

と、時吉。

「そういう間抜けな賊なら、さっと網にかかるんだがな。……ま、とにかく腹ごしらえをしてからまた番所を回ってみらあ」

「それはそれはご苦労様でございます」

「甘藷飯がございますし、肴もできてますので」

のどか屋の二人が言った。

肴はしめ鯖、松茸と水菜《みずな》のお浸し、それに小鯛の焼き物だった。望めば潮汁《うしおじる》が出て、干物も香の物もある。どの皿や椀も、のどか屋の二人の人柄も少し振りかけたような、ほっこりする料理だった。

いや、二人だけではない。おなおお姉ちゃんと約束したからと言って、千吉も小ぶりの包丁をとんとんと動かして稽古に励んでいた。お浸しの水菜のいくらかは、千吉が刻んだものだ。

「ああ、うめえ」

「このまま落ち着いて酒も呑みてえところだがよ」

「火を消すばかりが火消しのつとめじゃねえからな」

かしらの竹一の言うとおり、火事がないときは普請場の地固めなどの仕事をしながら、いろいろと見廻りをするのも町場の火消しの大事な役目だった。

ましてや、のどか屋にゆかりのあった盗賊だ。おのずと力が入る。

「どうかよしなに。あいつらが捕まらないと、わたしゃ気が治まらなくて」

おちよが心の臓に手をやった。

「まかせてくんな、おかみ」

「内藤新宿からこっちへ戻ることはねえだろうがよ」

「駕籠屋や飛脚なら、いろいろ動くからな。こいつを見せて廻りまさ」

纏持ちがふところから似面を取り出した。

「なら、行くぜ」

「おう」

よ組の火消し衆は、あわただしくのどか屋から出て行った。

三

火消し衆と入れ替わるように、まず佐原の夫婦が戻ってきた。

今日は雑司ケ谷《ぞうしがや》の鬼子母神堂《きしもじんどう》へお参りしてきたらしい。飴《あめ》が名物だから、千吉にと土産を買ってきてくれた。

「それはありがたく存じます。……お礼を言いなさい、千吉」

おちよにうながされた千吉は、

「ありがたくぞんじまちゅ」

と、元気よく頭を下げた。

日頃から声を出しているから慣れたものだ。

「おお、いい声だね。

「川口屋《かわぐちや》のおいしい飴だからね。のどに詰まらせないでね」

佐原の夫婦はそう言って座敷に座った。

鬼子母神の門前には料理屋がたくさんある。蕎麦をたぐってきたという話なので、軽めのものを出すことにした。

「うん、甘え」

飴をなめるなり、千吉が声をあげた。

「それじゃ、安東様だよ」

「聞いてるうちに憶えたのかねえ」

のどか屋の二人はおかしそうに言った。

肴はまず、とんぶりと長芋の梅味噌和えを出した。ぷちぷちしたとんぶりと、あられ切りにした長芋のかみ味の違いを楽しめるひと品だ。ただの味噌でもいいのだが、梅肉をまぜた梅味噌にすると、さらに風味が増してうまい。

お次は、海苔じゃこおろしだ。

まず大根おろしをつんもりと盛り、醬油をかける。そこにちりめんじゃこを惜しまずのせ、最後にもみ海苔をたっぷり散らす。たいして手間のかからない料理だが、深い味がする。

「まぜて食べるとおいしいですね」

庄屋が相好を崩した。

「ほんに、海山《うみやま》の幸《さち》が響き合って、いい按配だこと」

その女房が上品に言ったとき、絵師の夫婦が戻ってきた。

「お帰りなさいまし」

おちよが出迎えた。

「無事、お弟子入りが済みましたか」

庄屋が絵師に言う。

「ええ、おかげさまで」

「ちょっと寂しいけれど、仕方がないですね。あの子が選んだ道だから」

おそでが穏やかな笑みを浮かべた。

絵師の夫婦も座敷に座った。

ちょうど次の肴ができた。焼き豆腐と牛蒡のきんぴらだ。

ささがきにした牛蒡は水にさらしてあく抜きをする。平たい鍋に胡麻油を敷き、牛蒡をよく炒めて塩で下味をつける。そこに、焼き豆腐をわっと手で崩して投じ入れ、醤油と味醂と酒で手早く味つけをする。水気が飛んだら盛り付け、一味唐辛子を加えれば出来上がりだ。

「これも、かみ味が違っておいしいですねえ」

佐原の庄屋がうなる。

これも、という言葉を聞いた絵師が、梅味噌和えと海苔じゃこおろしも所望したとき、粘り強く客引きに出ていたおけいが泊まり客をつれて戻ってきた。二階の客に茶を出していたおそめとともに案内し、また戻ってくる。ばたばたと場が動いた。

おけいとおそめはそろそろ長屋へ戻る頃合いになった。おけいがまだ幼い息子を長屋で預かってもらっていると聞いた庄屋の女房が、ゆっくりと箸を置いてから言った。

「それは大変ね。離れてつとめに出なければならないわけだから」

「もう慣れましたから」

おけいは笑顔で答えた。

「子供はすぐ大きくなりますよ。うちのおなおも、ついこのあいだまでほんのわらべだったのに、絵師の修業に出るなんて嘘みたいな話です」

おそでがしみじみと言った。

「うちもそうなりますかねえ」

と、おちよ。

「なるさ。猫にえさをやるようになるなんて、思いも寄らなかったからな」

時吉がのれんのほうを指さした。

表から千吉の声が聞こえる。

「いっぱいたべるんだよ。よしよし」

どの猫か分からないが、背中をなでてやっているらしい。猫のえさと水の皿を運ぶのは、いつのまにか千吉の仕事になった。

ほどなく、おけいとおそめが上がり、のどか屋の軒行灯に火が入った。

四

「うん、甘え」

その日、のどか屋で二度目のせりふが発せられた。

一度目に発した千吉はもう二階へ寝に行った。今度は本家本元のあんみつ隠密だ。

安東満三郎が顔を見せたから、おちよはてっきり賊が捕まったのかと早合点してしまったのだが、そうではなかった。別口のつとめにかかりきりで、万年同心から似面も見せられていなかったらしい。

そのあんみつ隠密がのどか屋に現れたのは、通りでばったりよ組の火消し衆に会ったからだった。似面もそのときに初めて見たという話だった。

一枚板の席には、もう一人、客の姿があった。南茅場町《みなみかやばちょう》の下り酒問屋、鴻池屋《こうのいけや》のあるじの伝兵衛《でんべえ》だ。のどか屋が酒を仕入れている問屋のあるじは、講の帰りなどに折にふれてのれんをくぐってくれる。

「そうやってつくるんですね」

伝兵衛が興味深げにのぞきこんだ。時吉より十くらい上で、渋い青鈍《あおにび》の越後縞縮《えちごしまちぢみ》の着物をまとっている。いかにも下り酒問屋のあるじにふさわしい、風格のあるいでたちだ。

「ええ、今日は珍しく二度目の出番です」

時吉はそう言って、火の当たり方に気をつけながら焼き器の上下を返した。

つくっているのは、もちろん加須天以羅芋だ。絵師への土産にした話を聞いたあんみつ隠密は、すぐさま身を乗り出してきた。

さすがに一人で食べるには量が多すぎるが、

「それなら、家の者の土産に頂戴したいので」

と、鴻池屋が手を挙げてくれた。聞けば、嫁入り前の娘が二人いて、甘い物が大の好物なのだそうだ。

こうして、時吉は二本目の加須天以羅芋をつくることになった。

「座生右記先生は、ことのほかお喜びでしたから」

仁助が言った。

「蘭画の心得があるだけに、舶来の菓子には目がねえんだな」

あんみつ隠密はそう言うと、甘薯の甘露煮をまたうまそうに口に運んだ。

「それはそうと、上州屋さんに押し入った盗賊、そろそろ捕まったでしょうかねえ」

おちよがまだ晴れない顔で言った。

昨日、内藤新宿へ向かう道で火消しが見かけたという話は、安東もすでに聞いていた。

「どうだろうかねえ」

にわかに腕組みをして答える。

「さすがに続けて泊まったりはしねえだろう。手が回りそうな新吉原を避けるくらいの知恵はあるみてえだが、盗賊の浅知恵だから、やつらの身になって考えればおおよその動きは読めらあ」

「どう読めるんです？」

佐原の庄屋がたずねた。

「やつらにとってみりゃ、大きな稼ぎだ。ぱっと散財してえところだろうが、派手なことをやったら足がつく。そこで、地味な内藤新宿でまず女郎を買って、すぐ翌る日に立って渋谷村《しぶやむら》から目黒のほうを通り、今度は品川宿で女郎買いっていう筋書きだろうよ」

あんみつ隠密はすらすらと道筋を示してみせた。

「品川って、うちのほうだね、おまえさん」

おそでが顔をしかめた。

「女郎屋まがいの旅籠もあるからな」

絵師が言う。

「それから相州へ帰るんでしょうか」

おちよが問うた。

「相州の話はくわしくしてたかい？」

逆にあんみつ隠密が問い返す。

「ええ。おそめちゃんのお兄ちゃんが来たとき、稲村ケ崎の湯治場などをわりかたくわしく」

おちよは思い返して答えた。

「なら。船大工ってのはつくり話だとしても、ねぐらは相州にあるんだろう。品川をひと晩で引きあげたら、次は相州の藤沢《ふじさわ》で女郎買いっていうところまでぱっと浮かぶぜ」

身ぶりをまじえて、安東満三郎は言った。

「なら、旦那。急いで品川宿に網を」

おちよが急かせる。

「番所へつないでおこう。平ちゃんがもう召し取ってるかもしれねえがな。ただ、その前に……」

あんみつ隠密が腰を浮かせた。

「いま焼きあがりますので」

時吉が笑みを浮かべた。

焼き器を開けると、ほわっといい香りが漂ってきた。

「たまんねえな。ついでに砂糖をぶっかけてくんな」

よだれをたらしかねない勢いで、黒四組のかしらが身ぶりをまじえて言った。

「うちの娘も、砂糖つきが喜びます」

鴻池屋が和す。

「承知しました」

時吉は砂糖壺のほうへ歩み寄った。

その日三度目の「うん、甘え」がのどか屋に響いたのは、それからまもなくのことだった。

第十一章　祝い膳ふたたび

一

翌日――。

絵師の夫婦は品川に、庄屋の夫婦は佐原に、のどか屋を離れて帰っていった。

もう今生《こんじょう》で会うことはあるまい。旅籠付きの小料理のどか屋が取り持つ一期一会《いちごいちえ》の縁だ。

「では、お達者で」

「息災でお過ごしください」

互いに笑顔で別れ、それぞれの家へ戻っていった。

のどか屋の朝膳は豆腐飯だが、昼膳はかやく飯にした。これに焼き魚と野菜の煮物、味噌汁と香の物がつく、いつものほっこり膳だ。

椎茸、人参、牛蒡、蒟蒻、それに油揚げ。素朴なものばかりだが、おのが役どころをしっかりとわきまえて小さい椀の中で味を出している。助け合って生きている江戸の長屋の人々のような飯だった。

味つけは、昆布と鰹節で取った風味豊かなだしに、味醂と醬油。ただこれだけで十分にうまい。

「うめえなあ」

「お焦げのとこが何とも言えねえぜ」

「これなら毎日来てもいいや」

「朝の豆腐飯も絶品だったけどよ」

そろいの半纏の職人衆が口々にそう言ってくれた。

その波が引き、中休みに入った。片づけを終えたおちよは、いつものように座敷で少し眠ろうとした。

しかし、うとうとしかけたところで起こされてしまった。表で千吉がだしぬけに声をあげたからだ。

「あっ、めかづらのおじさん！」

それで察しがついた。

万年同心だ。

「おう。今日は風車をやろうか」

「うん」

千吉は元気のいい返事をした。

今日はわりかた風がある。わらべが手にした風車は面白いように回った。

「ほらほら」

猫にかざすと、いくぶんおびえながらも、ひょいひょいと前足を出してくる。そのさまがなんとも愛らしかった。

おちよはあわてて髪を整えた。影御用の同心が来たからには、もう中休みで寝てなどいられない。

「おう」

万年平之助は目鬘《めかずら》をつけてのれんをくぐってきた。

牛の鬘だから、思わず吹き出すような恰好だ。

「いらっしゃいまし」

「ご苦労様でございます」

のどか屋の二人の声がそろう。

「捕まったぜ」

芝居気たっぷりに言うと、幽霊同心は目鬘を外した。

その目は、笑っていた。

二

おちよは早くいきさつを聞きたそうだったが、いままでばたばたと動いていて腹が減っているらしい。とにもかくにも腹ごしらえをしてからということになった。

二幕目のことも考えて多めに炊いたかやくご飯は、まだかなり余っていた。万年同心は立てつづけに三杯お代わりをした。

「どの具も仕事をしてるな。こたびの捕物みたいだ」

甘ければいい黒四組のかしらと違って、味にうるさい同心がそう言ったから、時吉はひとまずほっとした。

「で、その捕物ですけど」

おちよが待ちきれないとばかりに水を向けた。

「おう」

　万年同心は三杯目のかやく飯をかきこみ、箸を置いた。

「茶を一杯くんな」

　厨に向かって言う。

「承知しました」

　時吉が一枚板の席に湯呑みを出した。

　熱い番茶をうまそうに半分ほど呑むと、町場を受け持っている黒四組の同心はやおら座り直して語りはじめた。

「ここで描いてもらった似面が決め手になったんだ」

　湯呑みを置き、半ばはおちよのほうを見て告げる。

「火消しさんが内藤新宿へ行く賊を見かけた、と」

　いつもより口早におちよが言った。もう眠気はすっかり失せていた。

「それを聞いて、南のほうへすぐ網を張ってやった」

「万年様も品川宿が怪しいと？」

　おちよが問う。

「そっちも品川宿へ向かうと思ったのかい」

万年同心が問い返す。

「昨日、安東様が見えて、そういう筋道を示されていたんです」

時吉が答えると、万年同心はなるほどという顔つきになった。

「そりゃ初耳だが、考えることあ同じだな」

「で、品川宿で捕まったわけですね？」

おちよが先を読んで問うた。

「それが、そうじゃねえんだよ、おかみ」

目鬘売りに扮した同心は、そこで笑みを浮かべた。

「じゃあ、どこです？」

「どこだと思う？」

いくらか謎をかけるように、万年同心は問い返した。

「そうおっしゃるところを見ると……」

時吉が腕組みをした。

「ここと縁があるんだがな。聞いて驚いたんだが」

同心は下を指さした。

「あっ、ひょっとして」

勘ばたらきの鋭いおちよが声をあげた。

時吉も気づいた。このあたりは以心伝心《いしんでんしん》だ。

「目黒のほうでしょうか」

図星だった。

幽霊同心はにやりと笑って答えた。

「そのとおり。大和梨川藩の下屋敷に似面が回ってるとは、槍《やり》の雷蔵《らいぞう》の一味は夢にも思わなかっただろうよ」

「それが盗賊の名なんですね？」

と、おちよ。

「相州の藤沢から大山《おおやま》街道のあたりでさんざん悪さをしていた盗賊だ。槍で雨戸をぶっこわして押し込むなんぞという、荒っぽいやつらでな」

「江戸じゃそんなことはできませんね」

時吉が言った。

「そりゃ無理だ。番所がいたるところにあるからな。八州廻りや代官にも目をつけられ、相州では網を絞られて行き詰まってきた連中は、江戸でかせいでやろうと思い立ったわけだ」

「それで、うちをねぐら代わりにして……」

おちよが顔をしかめた。

「何度か下見をして、上州屋には目をつけていたらしい。手下を引き込みに入れる段取りをつけてから、船大工に扮して出てきたようだな」

万年同心がそう語ったとき、のれんが開いて隠居と元締めが入ってきた。

「あっ、ご隠居に元締めさん、あの盗賊が捕まったんですよ」

さっそくおちよが知らせた。

「そうかい。そりゃ良かったねえ」

信兵衛がすぐさま答える。

「こっちの旦那が捕まえたのかい?」

隠居が万年同心を指さした。

「この手で大立ち回りで召し捕ってやった……ってのは大嘘だがよ。ま、そのあたりは肴をつつきながらってことで」

万年同心はそう言って、一枚板の席に腰を下ろした。

三

「……てことは、ここの常連の勤番のお武家さま方が召し捕ったわけじゃないんですな」

ひとわたり話を聞いた隠居が、そう言って箸を置いた。

時吉がまず出したのは、隠元《いんげん》の黒胡麻和えだった。

胡麻和えの素《もと》は前もってつくり、瓶に入れて保存している。酒と味醂と濃口醬油と薄口醬油を鍋に入れ、煮立てて酒分を飛ばしながら砂糖を入れて味を調えていく。

「勤番の武家は上屋敷にいるからな。下屋敷の見張りは若い武士たちがやっていたらしい。言っちゃあ悪いが、大和梨川は田舎の小藩だ。上屋敷ならいざ知らず、下屋敷なんて大した構えじゃねえ。しかも、目黒の在所だから、普段はあくびが続けざまに出るようなつとめだ」

幽霊同心はそう言って、猪口の酒を口に運んだ。

「そこへ盗賊の似面が回ってきたわけですね」

元締めが軽くもみ手をした。

「おのずと気合が入るね」

と、隠居。

「しかも、真《しん》に迫った似面だったから」

おちよがうなずいた。

表では千吉の声が聞こえる。おけいとともに呼び込みをする元気な声に、おのずと心がなごんだ。

「で、張り切って下屋敷から離れたところまで見廻りに行ったところ、似面にそっくりな連中がちょうどやってきたわけだ」

万年同心が身ぶりをまじえて語った。

「さあさあ、いよいよ捕物だ」

季川が張りのある声で言う。

ここで次の肴ができた。

平目のぱりぱり焼きだ。

平目の切り身に塩と胡椒で下味をつけ、軽く粉をはたく。平たい鍋に胡麻油を敷き、まず平目の皮のほうを焼く。ぱりっと焼くと、ことのほかうまい。

頃合いを見て裏返し、身もじわっと焼く。これに厚めの小口に切った焼き葱を添えてお出しする。

皮はぱりっ、身はしっとりとした絶品の肴だ。

「うん、うめえ……が」

影御用の同心は少し首をかしげた。

「何か足りませんでしょうか」

時吉がたずねる。

「気持ち、塩胡椒が足りねえと思う。これなら、橙《だいだい》あたりをつけて、汁を搾りかけて食うようにしたほうがよかねえか？」

「なるほど……ありがたく存じます」

客の厳しい言葉は、料理人としての身の養いになる。時吉は素直に礼を言った。

「舌が馬鹿なかしらなら、味醂でもかけときゃ喜ぶんだろうがよ」

「味醂どころか、お砂糖を振っても喜ばれるかと」

おちよがそう言ったから、万年同心は「うへえ」という顔つきになった。

「で、捕物の続きですが」

旅籠の元締めが先をうながした。

「おう」

箸をいったん置き、同心が続ける。

「待て、とばかりに追ったら、敵も必死だ、品川宿のほうへ一目散《いちもくさん》に逃げ出した」

「そりゃそうでしょうな、捕まれば獄門だから」

と、信兵衛。

「で、大和梨川藩の足自慢の小者が宿場までまわり道で急いで走って、番所へ伝えたわけだ」

「武家と町場が力を合わせたわけですな」

隠居がうなずく。

「そのとおり。町方もすぐ動いた。おかげで、さしもの賊も挟み撃ちよ。いよいよ大詰めだ」

それを聞いて、おちよはごくりとつばを呑みこんだ。

「賊は内藤新宿からの朝帰りだ。槍なんぞも持ってねえ。町方と大和梨川藩の追っ手に挟み撃ちされたら、そりゃひとたまりもねえさ。かしらの槍の雷蔵をはじめ、一味の者はみんなお縄になった」

「そりゃあ重畳《ちょうじょう》だったね」

隠居が破顔一笑した。

「捕まったからにはじたばたしてもしょうがねえ。あとはお仕置きを待つばかりだ。責め問い（拷問）は受け損になるから、包み隠さず洗いざらい吐きやがった」

「すると、盗んだお金はどうなったんでしょう」

おちよが問うた。

「内藤新宿で散財したと言っても、まだまだ手付かずの金は残ってた。それは首尾よく上州屋に戻ることになった」

「良かった……」

盗賊を泊めたことに負い目を感じていたおちよは、心底ほっとしたように胸に手をやった。

「そうそう。似面を描いてくれた仁助は品川の在で、町方にも知ってるやつがいたから、手柄になったと伝えておいたらしい。そのうち褒美も出るだろうよ」

「そりゃあ、ますますめでたいことだね。のどか屋の常連とお客さんが力を合わせて召し捕ったようなものじゃないか」

隠居の目尻に、またいくつもしわが寄った。

「ありがたいことです。船大工にしてはおかしいとせっかく知らせが入ったのにいち早く動けなかったうちのしくじりを、お客さんが取り戻してくれました」

時吉はそう言って、頃合いになった茸の焼き浸しを出した。

舞茸や椎茸、それに平茸など、茸を香ばしく網で焼く。ほどよく焦げ目がついたら、割り地に浸し、冷めて味がなじむまで置く。

「いかがでしょう」

時吉は舌の肥えた同心にたずねた。

「こりゃあ、割り地を薄めにつくってあるのがいいな。おかげで、茸がいくらか焦げた風味が活きてる。濃い目だと、そのあたりが消えちまうからな」

「さすがですね、旦那。安東様なら味醂に浸すところですが」

隠居が横合いから言った。

「かしらは舌が馬鹿でねえ」

万年同心が重ねてそう言ったから、のどか屋に笑いがわいた。

「いまごろ、くしゃみをしてますよ。ところで、その安東様が祝い膳のお話をしてましたね」

と、おちよ。

「おお、そうだった」

今日は目鬘売りに扮している同心は、箸を置いて手を打ち合わせた。

「そりゃ、盛大に祝ってもらわねえと。獄門になるような賊をお縄にしたんだから。おれがこの手で引っ捕まえたわけじゃねえけどよ」

また身ぶりを添えて言う。

「なら、大和梨川藩のお武家さまにもご馳走しないといけませんな」

隠居が言った。

「そうですね。いろんな人に助けていただいて、のどか屋の不面目を拭うことができました」

時吉がうなずく。

「だったら、ちょいとそのあたりの根回しもしてくらあ。祝い膳はまたあらためてということで」

幽霊同心はそう言って、味のしみた平茸を口に運んだ。

四

それから半月が経ち、秋がだんだんに深まってきたある夕まぐれ、のどか屋の座敷に役者がそろった。

「おお、来た来た」

原川新五郎が両手をもみ合わせた。

「こら、紅白でおめでたいな」

国枝幸兵衛が和す。

「こちらにも、どうぞ」

おちよが笑顔で土鍋を運んでいった。

「鯛の赤に、うどんの白、それに長葱の青。目にしみるようだね」

隠居の季川が言う。

「味もしみますよ」

元締めの信兵衛が和す。

「ま、祝い膳だから、どんどんやってくれ」

安東満三郎が徳利の首をつまんだ。

「ありがてえことで」

そう言って猪口で受けたのは、もちろん万年平之助だった。

いつも何かに身をやつしている影御用の同心だが、今日は祝い膳とあって紺の着流しだ。当人は「同心のやつし」などと戯れ言を飛ばしていたが、こうして改めて見ると、ほれぼれするような男っぷりだった。

「まあ、なんにせよ、盗賊も獄門になって一件落着やな」

「めでたいこっちゃ」

大和梨川藩の勤番の武士たちは、そう言いながら鍋を取り分けはじめた。

土鍋に塩焼きの鯛が豪快にまるごと入っている。塩気もさることながら、鯛の骨からもだしが出るから、鍋地は薄めにつくる。昆布のだし汁に酒だけでいい。醤油はくどくなるから入れない。

あとは時吉自慢の手打ちうどんに、これから冬にかけてだんだんうまくなる長葱のぶつ切り。これだけで存分にうまい。

「賊を捕まえた見張りの人には褒美が出たんですか？」

元締めがたずねた。

「もちろんや」

「殿から褒美が出たんで、泣いて喜んでたわ」

でこぼこした感じの二人が告げた。

「そりゃあ、よござんしたね」

隠居がそう言って、鯛の身を口に運んだ。

「いちばんの手柄を立てた絵師はどうだったい？　平ちゃんが褒美を渡しに行ったんだろう？」

黒四組のかしらが取り皿に葱を浸した。あんみつ隠密にだけ、味醂を入れた取り皿が出ている。

「そりゃあもう、仁助もおそでも大喜びで。引き続き、町方の御用もつとめてもらうことになりました」

万年同心が告げる。

「番所や高札場に凶状持ちの真に迫った似面を貼っとけば、そのうち数珠つなぎになってお縄にできるだろうよ。結構なことじゃねえか」

安東の異貌に笑みが浮かんだ。

「はい、こちらも紅白でございます」

おちよが次の料理を運んできた。

海老としめじのおこわだ。だしと酒と醤油でしめじを煮て下味をつけ、その煮汁でおこわを炊く。色よくゆで、食べよい大きさに切った海老の彩りが映えるひと品だ。

「見てよし、食べてよし……思い出してもよし、だね」

隠居が小粋なことを口走った。

「思い出してもよし、ですか」

そろそろ上がる頃合いのおけいが言う。

「料理ってのは後に残るものじゃないが、人の心には残るからね。何かの拍子にふっと思い出して笑みが浮かんでくるような料理だよ、これは」

隠居はそう言って、紅白のおこわを口に運んだ。

鍋があらかた片づいたので下げ、今度は秋刀魚づくしの料理を運んだ。今日も魚河岸からいい秋刀魚が入った。

蒲焼きと、江戸前の三種にちなんで臭みを巧みに消した握り寿司、それに加えて時吉は煮おろしをつくった。

頭と尾を落とした秋刀魚を筒切りにし、わたを取って水洗いをする。

水気を切ってから粉をはたき、油でほどよく揚げる。揚げてから煮ると臭みも抜け、うまみだけが残る。煮汁には、小口切りの唐辛子を加える。秋刀魚をひと煮立ちしたところで大根おろしを投じ入れ、すぐ下ろして盛り付ければ出来上がりだ。

「これはさっぱりしてんのに、こくがあるな」

「さすがはのどか屋や」

勤番の武士たちがうなった。

やがて、軒行灯に火が入った。おけいとおそめが戻り、千吉が二階へ寝に行ったが、江戸前祝い膳はまだ続いていた。

鯊が出た。

造りと天麩羅。奇をてらわない本筋の料理だ。

「ところで、かしらはまだ町場には手が回りませんかい？」

酌をしながら、万年同心がたずねた。

「手が回んねえから、平ちゃんに頼んでるんじゃねえかよ」

「まあ、たしかに」

同心がうなずく。

「安東様はいまはどういうお役目で？　さしつかえがないさわりだけ、ちょいと聞かせてもらえませんかね」

同じ常連のよしみとばかりに、隠居が問うた。

「そうさなあ……」

あんみつ隠密はにわかに腕組みをした。

「なら、さわりだけだぜ」

安東は座敷を見回した。

「と言っても、場所とかは言えねえからな」

　と、気を持たせる。

「あとでぜんざいをお持ちしますので」

　時吉が厨から言った。

「甘いもので釣るつもりかよ」

「いえ、そういうわけでは」

「まあいいや。ありていに言えば、唐物抜荷《からものぬけに》（密貿易）だな。黒四組は影の便利屋みたいなものだから、何でもやらされてるわけよ。この先はまあ、よろずお察しということにしといてくれ」

　あんみつ隠密は口の前にさっと指を立てた。そこから先は、もうしゃべるつもりはないらしい。

「うちらには関わりのない話やな」

「海がないさかいに」

「いっぺんでええから、そういうので疑われてみたかったわ」

「唐物なんて見たことあらへん」

　田舎の小藩の武士がそんなことを口走ったから、座敷に和気が満ちた。

そろそろ宴も締めの頃合いになった。

「では、江戸前祝い膳の締めくくりは、江戸前の海苔を使ったお茶漬けと、江戸の三種の残りの海苔かけ小せいろ蕎麦でございます。あとで別腹のぜんざいをお望みの方にお持ちしますので」

おちよが盆を運んでいった。

「海苔は海苔でも、茶漬のほうは佃煮だね」

ちらりと見て、隠居が言った。

「お酒のあとには、これがいちばんでございますよ。……どうぞ」

おちよはふわりと湯気を立てているものを差し出した。

海苔を水でさっと洗って水気を取り、醬油と酒と味醂を合わせた地で煮つめて佃煮にする。ごはんの上に海苔をのせ、熱い煎茶を注いで、おろしたての山葵を添えていただく。酒のあとにはこたえられない口福の一杯だ。

「しみるなあ、これは」

原川新五郎がうなる。

「海苔と山葵と煎茶……たまらんな」

国枝幸兵衛も和す。

「うめえ、のひと言」

万年平之助もこれには文句をつけなかった。

「締めにふさわしいね。蕎麦も喉ごしがいいよ」

「まったく隙がないですね」

隠居と元締めが顔を見合わせてうなずく。

「では、ご隠居、召し上がったところで、締めの一句を」

おちよが短冊を持ってきた。

「はは、またあるのかい」

隠居が苦笑いを浮かべた。

「のどか屋の名物ですから」

おちよが笑う。

「なら、仕方がないね」

まんざらでもなさそうに隠居が矢立を取り出したとき、祝い酒がだいぶ回ってきた万年同心がやにわに芝居がかったしぐさで立ち上がった。

「江戸前や……男は万年平之助」

そう即興の句を吐いて見得を切る。

「調子はいいけど、惜しむらくは季語がないねえ」

隠居が言うと、幽霊同心は幇間《たいこもち》のようなおどけた身ぶりをしてから座った。

そして、真打の発句が披露された。

錦秋《きんしゅう》やこれぞ江戸前祝ひ膳

堂々たる季語が入っている句を短冊にしたためると、隠居は手でおちよを示した。

付けておくれ、というしぐさだ。

おちよは筆を執ることなく、言葉で付句を披露した。

残った肴を口に運んでいる万年同心をちらりと見て、笑顔で言う。

箸とる役者の男つぷりよ

それを聞いて、影御用の同心はまた歌舞伎役者のような顔をつくった。

のどか屋の座敷に、また陽気な笑い声が響いた。

終章　栗ごはん

一

気持ちのいい秋晴れの日だった。

のどか屋は朝膳の波が引き、旅籠の客が出立する頃合いだった。

「またのお越しを」

表でおちよが見送る。

「おまちしていまちゅ」

千吉が回らぬ舌で後を続けたから、客の顔に笑みが浮かんだ。

「ああ、またな」

「江戸の気を吸って、うまいものを食ったら、生き返ったよ」

「達者でな、千坊」

客は満足げにのどか屋から立ち去っていった。

客が出立する時はまちまちだし、朝が終わればすぐ昼膳の支度に取りかからねばならない。のどか屋の人々は気ぜわしく立ち働いていた。

昼膳までは邪魔になるから、千吉は厨に入れない。雨が降っていなければ、わらべは表で遊んでいる。

「揚げを刻んでくれ、ちよ」

時吉とおちよが声を掛け合い、段取りを進めていく。包丁の技にかけては、おちよも引けを取らない。

「あいよ」

朝はいつもの豆腐飯だが、昼は茸の炊き込み飯にした。その日入った茸に合わせるのは油揚げだ。春は筍、秋は茸。主役は替わっても、渋い脇役は同じだ。釜の中でいい味を出してくれる。

いつものように、平たい鍋で茸と油揚げを炒める。塩胡椒をきつめに効かせ、焦げ目がつくまでしっかりと炒めると仕上がりにこくが出る。だしに醬油に味醂に酒を入れて味を調え、お焦げが多めにできる加減で炊けば香ばしい仕上がりになる。茸飯と勘どころは同じだ。

その支度が整ったころ、表から声が響いてきた。

「このあたりにのどか屋っていう見世はあるかい？」

「ここがのどか屋だよ。の、ってかいてあるよ」

千吉が答える。

「ほんとだ。のどか屋の、の、なのか」

「大きすぎて見えなかったわね、おまえさん」

夫婦とおぼしい者は、ほどなく見世に入ってきた。

昼膳までしばし中休み、と書いてあるのに、それも目に入らなかったのかと思いきや、そうではなかった。

荷を背負った農夫とおぼしい者は、厨に向かって声をかけた。

「時吉さんで？」

「はい、さようですが」

男はひと呼吸おいてから名乗った。

「おいら、金杉村の松次と申します」

二

「すると、おなおちゃんは元気で絵の修業をしてるんですね？」

おちよが和らいだ表情で言った。

おなおが身を寄せている金杉村の農家からは、野菜と季節の栗が届けられた。今日の二幕目はさっそく栗ごはんだ。

「そりゃあもう、張り切ってやってますよ。絵の修業ばかりじゃなくて、座生右記先生のお世話のほうも。おかげで先生はいっとき弱ってたのに、ずいぶんしゃんとされて、このところは杖を突いてお散歩にも出られてるとか」

松次の女房のおしげが上機嫌で告げる。

「それは良かった」

と、おちよ。

「そうそう。土産に持ってきたのは野菜と栗だけじゃないんです」

松次がそう言って、胸のあたりにちらりと手をやった。どうやらそこに何か入っているらしい。

「まあ、ほかにも？」

「ええ。坊やがとっても喜ぶものですよ。さあ何でしょう」

おしげが謎をかけるように言った。

「飴か、遊び道具のたぐいでしょうか」

厨で手を動かしながら、時吉が言う。

おしげは首を横に振った。

「こちらは仕込みで忙しいんだ。早く坊やに見てもらえ」

松次が急かせる。

「ちょいと、千吉。千吉や」

それと察して、おちよが表へ声をかけた。

「みゃあ」

「おまえは千吉じゃないだろうに、ゆき」

餌の食べ過ぎでこのところちょいと腹が出てきた白猫に向かって、おちよがあきれたように言った。

「なあに？」

今度は本物が入ってきた。

「おなおお姉ちゃんから、いいものをことづかってきたんだよ。千吉ちゃんにお土産って」

松次が告げると、千吉はにわかに笑顔になった。

「よかったわね。お姉ちゃん、元気だって」

「うん」

母に向かってわらべがうなずく。

「はい、これがお土産だよ」

松次はふところから風呂敷に包んだものを取り出した。

どうやら飴のたぐいではないらしい。もっと幅がある。

「あけてごらんなさい。いいものが出てくるわよ」

おしげが笑顔で言った。

風呂敷の結び目を解くのに手間がかかったが、やっと開いた。

「わあ」

千吉は目を丸くした。

「すごい……」

おちよも目を瞠る。

「よく描けてるな」

時吉も身を乗り出して言った。

もう一つの土産は、おなおが描いた絵だった。

描かれているのは千吉だった。

ただし、ただの似面ではなかった。

絵の中の千吉は成長していた。一人前の若者の背丈になっていた。

父の時吉によく似た、ほれぼれするような男っぷりだ。

大きくなった千吉は、きりっとした顔つきで包丁を握っていた。

三

「遠目だと、時さんの似面を飾ってあるようにしか見えないね」

隠居がそう言って笑った。

「じゃあ、もう少し大きく、短冊でも出しておきましょうかねえ」

おちよが首をひねった。

「まあ、追い追いでいいさ」

「実は千吉、という落ちをつけられるからな」

　さきほどまで孫と遊んでいた長吉が言った。

　長吉屋は休みだから、孫の顔を見に来たのだが、毬遊びの相手をさせられ、すっかりあごを出して一枚板の席に座ったところだ。

「それにしても、目を瞠るような上達ぶりだね。前に見せてもらった千坊の似面も上手だったが、より奥行きが出てる」

　隠居はそう言って、三河島菜《みかわしまな》の胡麻和えを口に運んだ。金杉村と三河島村は隣同士だから、特産の三河島菜の栽培も盛んだ。いくらか苦みがあるが、甘めの胡麻和えにするとうまい。

「影の付け方がうめえじゃないか。細けえ線がていねいに描きこまれてる」

　いくらか目を細くして、長吉が言った。

「それが絵師の腕だよ、おとっつぁん」

　と、おちよ。

「まあしかし、ああやって壁に飾っておけば、千坊がだんだん絵に近づいていくわけだからね」

　隠居が指さした。

おなおからことづかってきた絵を渡して、松次とおしげが金杉村へ帰ったあと、のどか屋は昼膳に入った。しばらくはばたばたしていて手間をかけられなかったが、中入りの休みに入ったとき、おちよが言った。

「おなおちゃんの絵、飾れるようにできないかしら」

「そうだな。絵に合う木枠をつくって、吊り下げられるようにすればいい」

時吉はすぐさま手を動かした。

裏手では干物をつくっている。猫にとられないように干すためには細工が必要だから、こういう仕事はお手の物だった。

かくして、のどか屋の厨に「千吉、二十年後」というおなおの絵が飾られるようになった。

そろそろ栗ごはんが頃合いになった。

米は炊く半刻より前に昆布の水だしにつけ、十分に水気と味をしみこませる。

もち米は四半刻前でいい。これも水につけておく。

まぜる割りは、米が六、もち米が一だ。ここに主役の栗が加わる。

栗は鬼皮の下のほうを切り取ってやる。火が入ったときに爆《は》ぜるのを防ぐためだ。

焼き網でこんがりと焼き目をつけた栗は、布巾に取って皮をむく。味付けは醬油と酒と味醂と塩。ふんわりと炊きあがったら、黒胡麻を振っていただく。お焦げが風味豊かで香ばしい、絶品の栗ごはんの出来上がりだ。

「うまいねえ」

隠居がうなる。

「塩加減がちょうどいいな」

師匠の長吉がそう言ってくれたから、時吉はひとまずほっとした。

久しく木刀すら握っていないが、一枚板の席は客との真剣勝負だ。長吉や万年同心のような舌の肥えた客からお墨付きが出ると、よし、という心持ちになる。

栗ごはんの香りに誘われたのか、おそめと表で客引きをしていた千吉が中に入ってきた。

「千ちゃんも」

と、母に目で訴える。

「駄目よ。お客さんが召し上がるものだから」

座敷に花を飾っていたおちよがたしなめた。のどか屋によく合う清《すが》しい白と黄の野菊だ。

「でも……」

「おまえはまかないを食え。大きくなったおまえに笑われてしまうぞ」

時吉はおなおが描いた絵を指さした。

「ちょいとならいいじゃねえか。ほら、じいじの分をやろう」

弟子には厳しいが、孫には大甘の長吉が言う。

「ありがとう、じいじ」

千吉は喜んで一枚板の席に歩み寄った。

「ほうら、大きな栗をやろう」

「うん」

千吉は実にうまそうに栗ごはんを食べた。

「栗はまだあるのかい？」

長吉が時吉に問うた。

「ございます。金団やぜんざいにも入れようかと」

「なら、そうしてもらえ」

古参の料理人の目尻にいくつもしわが寄った。

旅籠の入り口のほうで声が聞こえた。

「はい、お二人様ですね。ただいまご案内いたします」

おけいの手慣れた声だ。

おそめも出迎え、皮切りの客を二階に案内していく。

「でも、改めて見ると、千坊がただ大きくなっただけには見えないね。もう一枚、ふわっとべつの衣みたいなものがかかってるような気がする」

隠居がそう言って軽く首をかしげた。

「そりゃあ、おなおちゃんが使ってるのは、亡くなったお兄ちゃんの形見の筆ですから」

おちよが落ち着いた声で言った。

「なるほど。お兄ちゃんが生きていれば、こんな顔だろうかという思いが筆に出ているのかもしれないね」

隠居がしみじみと言った。

次の客が入るまで、凪《なぎ》のようなときになった。時吉はのどか屋のまかない飯をつくることにした。

余った野菜などを細かく刻み、平たい鍋で炒めた焼き飯だ。おけいもおそめも、たまに手伝いに来るおしんも、みんなこのまかない飯を楽しみにしている。

「よし、千吉、とんとんの稽古をするぞ」

時吉が声をかけた。

「うん」

ちのを無理矢理だっこしていたわらべが猫を放す。短いしっぽを振って嫌がっていた猫はぶるりと身をふるわせた。

「気張ってやれ」

時吉は似面を指さした。

「二十年後には、こんないい面構えの料理人になるんだぞ」

父の言葉に、息子は力強く、

「うん」

と、うなずいた。

そして、野菜の端切れを、調子よくとんとんと刻みはじめた。

［参考文献一覧］

志の島忠『割烹選書　秋の献立』（婦人画報社）
志の島忠『割烹選書　椀ものと箸洗い』（婦人画報社）
志の島忠『割烹選書　鍋料理』（婦人画報社）
料理・志の島忠、撮影・佐伯義勝『野菜の料理』（小学館）
原田信男校註・解説『料理百珍集』（八坂書房）
小倉久米雄『日本料理技術選集　魚料理　上下』（柴田書店）
『日本料理技術選集　箸やすめ』（柴田書店）
土井勝『日本のおかず五〇〇選』（テレビ朝日事業局出版部）
土井勝『野菜のおかず』（家の光協会）
『人気の日本料理2　一流板前が手ほどきする春夏秋冬の日本料理』（世界文化社）
『道場六三郎の教えます小粋な和風おかず』（NHK出版）

畑耕一郎『プロのためのわかりやすい日本料理』（柴田書店）
武鈴子『旬を食べる和食薬膳のすすめ』（家の光協会）
松下幸子、榎木伊太郎『再現江戸時代料理』（小学館）
松下幸子『図説江戸料理事典』（柏書房）
金田禎之『江戸前のさかな』（成山堂書店）
『一流料理長の和食宝典』（世界文化社）
『和幸・高橋一郎の旬の魚料理』（婦人画報社）
『和幸・高橋一郎のいろいろご飯』（婦人画報社）
『和幸・高橋一郎のちいさな懐石』（婦人画報社）
栗山善四郎、小林誠『江戸の老舗八百善　四季の味ごよみ』（中央公論社）
田中博敏『お通し前菜便利帳』（柴田書店）
『お豆腐屋さんのとうふレシピ』（世界文化社）
鈴木登紀子『手作り和食工房』（グラフ社）
野崎洋光『和のおかず決定版』（世界文化社）
岡田哲『たべもの起源事典　日本編』（ちくま学芸文庫）

『復元・江戸情報地図』（朝日新聞社）
今井金吾校訂『定本武江年表』（ちくま学芸文庫）
北村一夫『江戸東京地名辞典　芸能・落語編』（講談社学術文庫）
市古夏生、鈴木健一校訂『新訂江戸名所図会』（ちくま学芸文庫）
三谷一馬『江戸職人図聚』（中公文庫）
三谷一馬『彩色江戸物売図絵』（中公文庫）
稲垣史生『三田村鳶魚江戸武家事典』（青蛙房）
西山松之助編『江戸町人の研究』（吉川弘文館）
今橋理子『秋田蘭画の近代　小田野直武「不忍池図」を読む』（東京大学出版会）
三輪英夫『日本の美術327　小田野直武と秋田蘭画』（至文堂）
菊地ひと美『江戸衣装図鑑』（東京堂出版）
山本純美『江戸の火事と火消』（河出書房新社）
吉岡幸雄『日本の色辞典』（紫紅社）

時代小説

二見時代小説文庫

江《え》戸《ど》前《まえ》 祝《いわ》い膳《ぜん》 小《こ》料理《りょうり》のどか屋《や》 人情帖《にんじょうちょう》14

著者 倉阪《くらさか》鬼《き》一郎《いちろう》

発行所 株式会社 二見書房
東京都千代田区三崎町二－一八－一一
電話 〇三－三五一五－二三一一［営業］
〇三－三五一五－二三一三［編集］
振替 〇〇一七〇－四－二六三九

印刷 株式会社 堀内印刷所
製本 ナショナル製本協同組合

 ISBN978－4－576－15091－8
http://www.futami.co.jp/